KB056489

담정 김려 시선

우리 한시 선집 158

담정 김려 시선

허경진

머리말

18세기에서 19세기로 넘어가던 시기에 우리나라에는 특이한 시인들이 많이 살았다. 김려, 이옥, 이학규 등이 그들이다. 이들은 연암이나 다산으로 대표되던 실학파가 아니면서도 실학 언저리에서 글을 쓰고 활동하였으며, 김려나 이학규는 천주교인이라는 증거도 없이 서학에 연루되어 반평생을 유배지에서 보내야만 하였다. 이옥은 문체와 군적 때문에 불려 다니다 젊은 시절을 덧없이 보내야 했다. 이들은 젊은 나이에 정조로부터 글재주를 인정받고 장래가 기약되었지만, 정조가 1800년 6월에 갑자기 세상을 떠나면서 이들에게는 시련이 시작되었다.

『사유악부』에 실린 김려의 시에 의하면, 그는 어린 시절에 『시경』을 천 번이나 읽었고, 자주 밤을 새우며 시를 읽었다고 한다. 시인이 되기 위해서 그만큼 철저하게 창작 수업을 하였던 셈이다.

그는 천주교인 강이천이 유언비어를 퍼뜨린 사건에 연루되어, 1797년 11월 12일 형조에 잡혀 들어갔다. 그가 심문장에서 강이천과 대질심문을 받고 함경도 부령으로 유배된 사연은 「감담일기」에 자세히 기록되었는데, 1801년에 신유사옥이 일어나면서 다시 진해로 옮겨져 1806년에 풀려날 때까지, 그는 유배지에서 10년 동안 많은 글을 지었다. 그 가운데 많은 글들이 제목만 전해지고 작품은 없어졌는데, 대부분 유배지에서 만났던 사람들에 대한 이야기나 시들이다. 그 글들이 다 남았더라면 그 시대에 이름 없이 살다간 민중들의 삶을 더 구체적으로 알게 되었을 것이다. 『사유악부』에서 유배지의 인물들이 생생하게 그려지고 관원들의 부정부패가 실감나게 그려진 것만 보더라도, 없어진 글들에 대한 아쉬움이 크다.

그는 어렸을 때에 서울 가회방에서 자랐는데, 그의 아버지는 과일나무와 화초를 직접 가꾸며, 골동 서화를 즐겼다. 이러한 분위기에서 자라난 그는 자연히 꽃과 나무를 사랑하게 되었는데, 유배지에서 풀려나 서울 삼청동에 살게 되면서 눈에 띄는 꽃과 나무, 풀과 채소를 모두 시로 읊었다. 달팽이 껍질같이 작은 집이었지만 뒤뜰이 넓어서, 그는 직접 나무를 심고 꽃과 채소들을 가꾸었던 듯하다. 이때 그가 눈에 보이는 대로 읊은 시가 『만선와잉고』에 실려 있는데, 여러 가지 과일을 5언고시로 읊은 「중과오고십운(衆果五古十韻)」 30수, 여러 가지 채소를 5언고시로 읊은 「중소오고십운(衆蔬五古十韻)」 19수, 여러 가지 꽃들을 5언율시로 읊은 「중화오율(衆花五律)」 10수, 여러 가지 문방구와 일용도구들을 5언절구로 읊은 「중기오절(衆器五絶)」 42수가 실려 있다. 이 밖에도 여러 가지 나무들을 7언율시로 읊은 「중목칠율(衆木七律)」, 여러 가지 풀들을 7언절구로 읊은 「중초칠절(衆草七絶)」은 모두 없어지고, 「중화오율(衆花五律)」도 태반이 없어졌다고 하니, 그가 얼마나 다양하게 자연 만물을 읊었는지 알 수 있다. 이러한 창작 태도만 보더라도, 그가 음풍농월이나 즐기던 다른 시인들과는 달리, 구체적인 생활 속에서 실학자의 안목으로 글을 쓰면서 살았음을 알 수 있다.

다산이 당시의 사회 문제들을 정면으로 다루면서 비판했다면,

김려는 당시 민중들의 생활을 수채화처럼 그려내어 독자들로 하여금 스스로 비판하게 하였다. 『사유악부』에서 이름도 없이 살다간 민중들의 인간적인 삶과 부정부패한 관리들의 비인간적인 삶을 대조적으로 보여준 그의 글솜씨는 마치 화가의 그림솜씨같이 선명하다.

그의 시 가운데 「장원경의 아내 심씨를 위해서 지어준 고시(古詩爲張遠卿妻沈氏作)」를 싣지 못해서 아쉽다. 분량이 너무 길어서 실을 수가 없었지만, 적당한 기회를 얻어 번역해 보고 싶다.

2020년 봄

허경진

차례

황성리곡(黃城俚曲)

상원이곡(上元俚曲)

의당별고(擬唐別稿)

만선와잉고(萬蟬窩賸藁)

사유악부(思牖樂府)

귀현관시초 歸玄觀詩草

藫庭遺藁卷之一

歸玄觀詩草

雨後觀園丁種蔬作詩示兒曹誦

結茆近北林趾趾啓園圃青冥嘉木挺泱漭密石聚

春物日生長和澤被九宇僕夫念時務晨興騁風雨

蔓菁食四時菜族爲宗祖土俗緊盤飧下筋光可數

剛柔理不齊地氣限饒鹵粱難貴充腸豈暇道甘苦

丹椒可禦濕黃薑潤肺腑胡瓠性最溫冬蓄爾實主

蘩蘘與馬齒采擷濟此饕上天無私力一氣同鼓舞

盈盈動光輝菀菀當庭戶我來何所求衛生計亦粗

藫庭藁 卷一 歸玄觀詩草 一

『담정유고』 권1 「귀현관시초」 첫 면. 일본 동양문고 소장본인데, 동양문고 장서인과 함께 조면호(趙冕鎬, 1803~1887) 장서인이 찍혀 있다.

◇ 나는 건묘(健廟·정조) 정사년(1797) 11월에 경원으로 귀양 갔다가, 이어 부령으로 옮겼는데, 신유년(1801) 늦은 봄에 의금부에 끌려가 고문을 받고 거의 죽게 되었다. 그해 4월에 영남 진해현으로 유배되었다가, 병인년(1806) 10월에야 비로소 풀려나 돌아왔다.

고향에 돌아와 집안을 살펴보니 밭과 집은 모두 남의 소유가 되어 버렸고, 비바람도 가리지 못할 초가집 두어 칸만 겨우 남아 있어, 서글픈 생각에 넋을 잃었다. 그 가운데서도 가장 아쉬운 것은 내가 한평생 지었던 글들과 이죽장(李竹莊) 선생의 시문(詩文) 초본, 그리고 여러 벗들에게서 받았던 편지들이었다. 이 글들을 모두 한 상자에 간직해 두었는데, 의금부에 잡혀 다니는 사이에 다 잃어버린 것이다. 문장의 액운이야말로 참으로 통탄할 일이다. 지금 이 시초는 신유년 이후에 지은 몇 수를 모아 한 권으로 만든 것이다. 신유년 이전에 지은 것은 7~8수에 지나지 않는다.

기묘년(1819) 초가을 처서날(갑자일) 담사(藫士)는 삼청동 셋집에서 쓴다.

–「제귀현관권후(題歸玄觀卷後)」

◇ 「귀현관시초」는 『담정유고』 권1에 실렸는데, 그 뒤에 이 글이 붙어 있다.

겨울날 이우신과 헤어지며
冬日別李徵君友信

갈림길에서 서글프게 인사하고
길 따라가며 쓸쓸하게 한숨짓네.
헤어지는 아쉬움이 너무나 길어
그대의 마음만 더 어지럽겠네.
섬돌에는 찬 서리 내려 쌓이고
땅에는 흰 눈이 흩어지는데,
차가운 휘장에는 새벽 달빛 비치고
고즈넉한 난간엔 은하수가 빛나네.
평구 물가에 바람 세차고
영릉 언덕에 숲이 이어졌는데,
멀리 떠나는 그대를 어이 붙들랴
돌아가는 나룻배가 벌써 아득해지네.
발돋움하고 멀리 바라보니 마음 더욱 산란해
바라볼수록 정신만 아물거리네.
날아가는 기러기는 짝을 부르고
멀리 가는 기러기는 나래 치는데,
길이 막혀 완적의 행보를[1] 통곡하고
시절이 뒤숭숭하니 왕찬처럼 마음 아프네.[2]
어릴 적에 함께 놀던 동무가
흰 머리 되어 헤어지려니 더욱 슬프네.

그대는 덕스러우니 부디 자중하시고
부질없는 허영에 한눈팔지 마시게.

戚戚臨岐言, 凄凄遵路歎.
以玆離懷長, 增爾別緖亂.
素霜緣堦積, 皓雪委地散.
寒幌鑑晨月, 幽軒耿宵漢.
風落平邱渚, 樹連寧陵岸.
征驂遠莫攀, 歸楫杳已斷.
跂佇心愈紛, 瞻望魂屢換.
翔鴻叫旅侶, 遼鶴歛羈翰.
途窮慟阮步, 時危傷王粲.
玄髮同流蕩, 白首共悲惋.
令德宜自持, 浮榮安足翫.

---

1 보병교위 자리가 비었는데, 주방에 술이 수백 섬이나 저장되어 있었다. 그러자 완적이 곧 보병교위가 되기를 원했다. – 「임탄(任誕)」, 『세설신어』
죽림칠현의 한 사람이었던 완적을 완보병(阮步兵)이라고도 불렀다. 원문의 완보(阮步)는 완보병, 또는 완적의 행보라는 뜻이다.

2 왕찬은 삼국시대 위나라 고평 사람인데, 박학다식한 데다 문장도 뛰어났다. 한나라 말기에 형주로 피난 가서 유표(劉表)에게 몸을 의탁하고 지냈는데, 자기의 뜻을 펼 수 없으므로 다락에 올라 시국을 걱정하며 「등루부(登樓賦)」를 지었다. 원나라 때에는 「왕찬등루(王粲登樓)」라는 극까지도 생겨났다.

적문협
赤門硤

먼 길 떠나는 나그네 되어
새벽부터 행장 차려 집을 나섰네.
적문협 골짜기는 길이 험해서
그늘진 기슭엔 진펄뿐일세.
깊은 숲은 단풍에 가려지고
굽이진 비탈에는 마덩굴이 늘어졌는데,
중도에 돌 빛이 달라지자
내 말이 멈춰 서서 머뭇거리네.
이따금 호랑이 울부짖는 소리가 들리고
머리를 돌리면 절벽이 아찔해,
산천이 열렸다 막혔다 자꾸만 달라지니
내 몸이 위태로워 온갖 걱정이 생겨나네.
내 가는 길에 시름 걱정이 시작되어
지친 몸을 끌고서 다시 앞으로 나아가네.

游子期行邁, 束裝向天曙.
赤門谽磵峻, 陰黑下沮洳.
深林隱楓栝, 盤磴垂薯蕷.
中路石色改, 我馬立猶豫.
時聞猛虎吼, 回首窺割據.
山川異通塞, 安危動百慮.
吾道憂患始, 疲苶且前去.

늦은 봄날 아우 황을 여릉 별장으로 떠나보내며
春晩送舍弟鍠歸廬陵別業

뜨락에 서있는 박태기나무에
바람이 불어오자 꽃이 다 떨어졌네.
자식들 낳아 키운[1] 부모 은혜로
다정한 우리 형제 즐겁게 살았지.
어렸을 적엔 한 상에서 밥 먹고
자라선 이웃에서 함께 살았지.
책을 읽으면 맘껏 즐거워졌고
술을 마실 땐 우스갯소리도 했지.
떠다니는 구름은 변하기 쉬우니
거센 파도에 얼마나 놀랐으랴.
십여 년 귀양살이에 시름겨웠고
천 리 오가던 꿈길도 험했었지.
한 이불에 잠자던 일이 어제 같건만
만나 보니 벌써 다 늙었구나.
젊은 시절 떨어져 살았던 게 한이 되어서
늙어서나 단란히 살자 약속했더니,
어이하여 그 약속 저버리고서
홀연히 야속하게 떠나가는가.
너는 남쪽 고을로 길 떠나고
나는 북쪽 산골짜기에 남게 되었으니,
이별이야 지겹게 맛보았건만

그리운 회포가 부질없이 쌓였네.
기러기 떼는 푸른 물가로 날아가고
할미새[2]는 붉은 지붕에서 우짖네.
지극한 세상 이치를 속이기 어려워
미물들도 또한 저렇게 의지하네.
높은 산은 우뚝 솟고
흐르는 물은 목메어 우는데,
깊은 밤에 달빛마저 고요해지자
텅 빈 집이 왜 이리 썰렁한가.

庭畔紫荊樹, 風吹花盡落.
劬勞父母惠, 婉孌兄弟樂.
少小齊盤飧, 長大聯幮箔.
詩書任欣賞, 罇酒恣歡謔.
浮雲惋變改, 洪波驚錯愕.
十年嶺海愁, 千里魂夢惡.
及歸嗟已衰, 同寢宛如昨.
玄髮睽違恨, 皓首團欒約.
如何更乖張, 忽爾相促薄.
爾向南州路, 我留北山壑.
別離曾飽厭, 懷抱空索寞.
鴻鴈飛綠渚, 鶺鴒響彤閣.
至理亮難誣, 微物亦有托.
高山鬱巃嵸, 流水咽澎汮.
夜久月光晶, 堂宇何寥廓.

---

1 커다랗게 자란 저게 새발쑥인가
새발쑥이 아니라 다북쑥이네.
슬프고 슬프구나 부모님께서
나를 낳아 기르시느라 고생하셨네.
蓼蓼者莪, 匪莪伊蒿.
哀哀父母, 生我劬勞. –「육아(蓼莪)」, 『시경』

2 척령은 물가에 사는 할미새인데, 들판은 자기가 평소에 살던 곳이 아니므로 자기 무리를 찾아 울면서 날아다닌다. 그 바쁜 모습이 마치 형제가 어려운 일을 당해서 도와주는 것 같다고 생각하여, 형제의 우애를 노래한 『시경』 소아 「상체(常棣)」에서 할미새를 끌어다 썼다.

죽을 고비를 당해서도
형제만은 염려해 주고,
벌판 진펄 잡혀가도
형제만은 찾아다니네.
死喪之威, 兄弟孔懷.
原隰裒矣, 兄弟求矣.

할미새 들판에서 바삐 다니듯
형제의 어려움을 급히 구하네.
아무리 좋은 벗이 있다고 해도
그럴 때에는 긴 한숨만 쉬네.
脊令在原, 兄弟急難.
每有良朋, 況也永歎.

이른 아침에 문의현을 떠나며
早發文義縣

학 울음소리에 가을 산이 밝아오더니
차가운 서리가 비처럼 흩어지네.
밤기운이 기름처럼 만물을 적셔 주고
도랑물이 젖줄 되어 그것들을 길러 주니,
갓 돋는 아침해가 그 위에 비치자
개울가 조약돌들을 하나하나 셀 수 있네.
기장과 피 이삭이 이랑마다 물결치고
소담한 야채들이 채마밭을 뒤덮었네.
모난 바위들이 모두 깎아 세운 듯
벼랑에는 흙빛조차 보이지 않네.
일여덟 집밖에 되지 않는 마을이건만
부지런히 농사 지어 가난을 견디니,
봄철 굶주릴 때는 멀건 죽도 모자라지만
가을에 이삭 익으면 쌀단지가 가득 차네.
울타리에 주렁주렁한 호박도 따다가
누렇고 푸른 것들을 시렁 위에 쌓아 두네.
입에 풀칠만 해도 다행이니
가난한 살림 어느 겨를에 쓰다 달다 말하랴.
정답게 반겨 주는 풍속이 무던하여
순박하고 후덕하기가 태곳적 같네.
하늘은 사사로운 생각 없으니

우리가 살아가는 것도 임금님의 은혜일세.
바라노니 농부님네들 게으르지 마소
이듬해에는 곳간이 차서 넘치리다.

鶴鳴秋山曙, 飛霜散如雨.
夜氣滋膏潤, 溝水育淸乳.
初旭照其上, 素礫粲可數.
黍稷翼平疇, 蔓菁覆寒圃.
稜石盡削立, 崖壁尠傅土,
閭閻八九屋, 勤農濟貧窶.
春歉賈饘粥, 秋熟盈罌甒.
籬瓠纍纍摘, 青黃積我廡.
糊口幸有餘, 奚暇道甘苦.
款款栢皇俗, 淳龐似太古.
上天匪私力, 涵毓由聖主.
願爾勿怠慢, 明歲溢倉庾.

첩의 운명이 박복해
妾薄命

또다시 봄철도 저물어 가니

비단 적삼에 눈물자국만 보이네.

떨어진 꽃잎이 골목길에 널렸고

길게 자란 풀들이 덧문을 가렸네.

새사람 귀여워하는 거야 한스러울 게 없지만

옛님의 은총이 아직도 그리워라.

궁전[1] 안에서 노랫소리 들리는데

저 달을 바라보며 남몰래 애가 타네.

又見芳春晏, 羅衫耿淚痕.
殘花埋永巷, 幽草掩重門.
不恨新人貴, 猶希舊主恩.
昭陽笙吹動, 候月暗銷魂.

---

1 (한나라) 무제의 후궁이 여덟 구역인데, 그 가운데 소양전이 있다. –『삼보황도(三輔黃圖)』
한나라 성제도 소양전을 지어 소의(昭儀) 조합덕(趙合德)을 머물게 했다. 후세에 청나라 황후가 살던 곳도 소양궁이라고 했다.

종군행

從軍行

변방의 봉화가 온 밤을 밝히더니
장수가 서둘러 군사를 점검하네.
듬직한 허리엔 쇠갑옷이 묵직하고
긴 팔뚝에는[1] 삼지창[2]이 가볍네.
살기 띤 기운은 바닷가에 차 넘치고
음산한 바람 따라 유성도 캄캄하네.
대장부가 나라 위해 변방에서 죽게 되면
그 이름이 길이길이 청사에 빛나리라.

狼火通宵警, 元戎急點兵.
熊腰霜鎧重, 猿臂繡戳輕.
殺氣橫蒲海, 陰飈暗柳城.
男兒死邊野, 竹帛永垂名.

---

1 이광은 키가 크고 팔이 길었다. –「이광 장군전」, 『사기』 권109
원비(猿臂)는 원숭이같이 긴 팔인데, 활을 쏘기에 알맞다. 한나라 장군 이광을 가리키는 말이기도 하다.

2 원문의 구(戳)는 네 갈래 창이다.

의금부에서 숙직하며 새벽에 앉아 입으로 시를 읊어 아우 선에게 부치다

鎖直金吾曉坐口號寄弟鐥

날 새는 의금부에 혼자 앉아서

저 멀리 목멱산을 바라보네.

맑은 아침노을이 나무 끝에 깔리고

기우는 달은 다락 그늘에 걸렸네.

지나온 일 생각하니 한평생이 어이없어

글 읽은 보람이 무엇이던가.

뜻대로 되지 않아 백발만 생겼으니

티끌 날리는 세상길에서 그 누가 날 알아주랴.[1]

獨坐金吾曉, 遙瞻木覔岑.
澹霞冠樹杪, 殘月珮樓陰.
趙舘淸萍劍, 荊門白雪琴.
蹉跎成皓首, 塵路孰知音.

---

1 백아(伯牙)가 거문고를 타는데, 높은 산에 뜻이 있으면 (그의 친구) 종자기(鍾子期)가 듣고서, "태산과 같이 높구나"라고 말하였다. 또 흐르는 물에 뜻이 있으면 종자기가 듣고서, "강물처럼 넓구나"라고 말하였다. 백아가 생각한 것을 종자기가 반드시 알아맞혔다. 종자기가 죽자, 백아가 "지음(知音)이 없다"면서 거문고의 줄을 끊었다. –「탕문(湯問)」편, 『열자』

의금부 관아. 김려가 1812년에 의금부에 부임하였는데, 의금부에 신임 관원이
오면 면신례를 베풀면서 계회도를 그려 나눠 가졌다. 이 그림은 송요화가
1734년에 제작한 『금오계첩』에 실려 있는 의금부 관아 모습이다.

동자 노순흠을 성 안에 들여보냈는데 날이 저물어도 돌아오지 않다
送童子盧舜欽入城日暮不還

성 안에 가지 말라고 했건만
사람을 기다리기 참으로 어려워라.
인경[1]이 가까워지니 순라꾼이 걱정되는데
날마저 어두워서 여울 건너는 것도 겁나네.
아침 내내 세차게 바람 불더니
밤 들자 거리에 눈보라 차가워라.
네 성품이 원래 유약하기에
꿈자리 편치 못해 온 밤을 지새네.

不教城市去, 端爲待人難.
鍾近愁衝邏, 林昏惕度灘.
終朝風力壯, 入夜雪威寒.
爾性元柔愞, 星星夢未安.

---

1 통행금지 시간을 알리기 위해 밤마다 치던 큰 종인데, 서울의 종각을 비롯한 전국의 요충지와 큰 절에 달아 놓고 시간을 알렸다. 2경(밤 10시)에 28수(宿)의 뜻으로 28번을 쳐서 통행을 금지시켰고, 5경(새벽 4시)에 33천(天)의 뜻으로 33번을 쳐서 통행금지를 해제시켰다. 2경에 치는 것이 인정(人定)이고, 5경에 치는 것이 파루(罷漏)인데, 후세로 내려오면서 인정을 인경이라 부르게 되었다. 통행금지 위반자는 다음날 10대에서 30대까지 곤장을 맞았다.

집에 머물면서 여러 가지를 짓다
齋居雜述

1.

집이 고즈넉해 지내기 좋아라.

더러운 세상에 마음 물들지 않네.

바람이 차가워지면 산다람쥐가 슬피 울고

달빛이 밝아지면 갈매기도 잠드네.

한가한 벗들이 오면 바둑도 두고

고요한 밤에는 시도 읊으니,

무릉도원이 별세계 아닐세

한가한 이곳에서 바로 찾았네.

寂歷齋居好, 緇塵不染心.
風寒林鼺叫, 月亮渚鷗深.
碁爲幽朋着, 詩因靜夜吟.
仙源非別界, 閒處可相尋.

2.

못나고 얼빠진 자를 들라면
사람들이 나부터 손꼽겠지.
동산이 있어서 도토리는 남았지만
줄풀 하나 심을 땅도 없다네.
보름 동안에 겨우 세 끼 끓이고
네 해 동안에 거문고 하나 남았네.
동네 술이 익기를 기다리다가
저녁 늦게 아이더러 술 사오라 시키네.

拙劣猖狂者, 人間可數吾.
有園殘橡栗, 無地養菰蒲.
半月都三爨, 四年只一梧.
時謀村酒熟, 晚契付童奴.

주막집 이씨 할멈의 죽음을 슬퍼하다
哀李酒媼 十首

1.

옥 같은 얼굴에 백설 같은 마음씨
흰 머리 스산해도 웃음소리 다정했지.
풍류스런 옛모습이 사라졌다 말하지 마오.
사람들은 아직까지도 두추랑[1]을 기억한다오.

玉爲容貌雪爲腸. 蒜髮蕭然笑語香.
莫道風流渾斷盡, 令人猶憶杜秋娘.

---

1 두추랑(杜秋娘)은 당나라 금릉 여자인데, 이기(李錡)의 첩이다. 이기가 죽은 뒤에 왕궁에 들어가, 경릉(景陵·헌종)에게 총애를 받았다. 목종(穆宗)이 명하여 황자부모(皇子傅姆)를 삼았는데, 장왕(璋王)이 폐하자 고향으로 돌아갔다. 내가 금릉을 지나는 길에 그가 가난하고도 늙은 모습을 보고는 느낌이 있어서, 그를 위하여 시를 지었다. – 두목(杜牧) 「두추랑시서(杜秋娘詩序)」 이 시에서는 전성기가 지난 늙은 기생을 뜻한다.

4.

광희문 안 들어서서 둘째 다리 남쪽에
비단 창문 붉은 난간이 푸른 연못가에 있었지.
젊은 시절 놀던 곳을 이야기하려니
처량한 눈물이 적삼 자락을 적시네.

光熙門內二橋南. 繡戶珠欄倚碧潭.
欲說阿娘行樂地, 不堪凄淚滿輕衫.

5.

흰 비단 저고리에 옥색 치마 받쳐 입고서
구름 같은 트레머리에 석황까지 물렸지.
여덟팔 자 모습으로 눈썹화장 곱게 하면
사람들이 모두들 이씨 차림새를 부러워했지.

白羅衫子縹羅裳. 六鎮雲鬟壓石黃.
淡掃蛾眉成八字, 衆人都羨李家粧.

6.

석 달 봄이 한바탕 꿈만 같아
덧없는 세월이 어이 그리 쉽게 갔나.
금꽂개 금비녀 지금은 어디 있는지
낙엽 더미가 사립문을 덮었네.

九十東皇夢一番. 韶光容易任摧翻.
鈿蟬金鴈今安在, 黃葉堆中掩砦門.

8.

신무문 앞에는 꽃들이 안개 같고
광릉교 다리 아래는 달빛이 서리 같은데,
아름답던 그 모습은 어디로 가버렸는지
늙은 버드나무엔 까마귀만 날아드네.

神武門前花似霧, 廣通橋下月如霜.
香魂玉骨歸何處, 只有飛鴉滿老楊.

10.

세상일은 바람 앞의 등불 같아 짧은 인연이었건만
옷깃 적시며 흐르는 눈물을 어찌 참으랴.
그 당시 주막 앞을 오가던 젊은이가
지금은 하늘가에서 백발노인 되었네.

世事風燈只暫因. 那堪涕淚漫霑巾.
當時壚上青衫客, 今日天涯白髮人.

늦은 봄날에 노닐며 보다

晩春游覽絶句 十二首

1.

꽃피는 봄날 문 닫고 지내려니

뜬구름 같은 인생에 업장[1]이 많아 부끄러워라.

이웃집 젊은이들에게[2] 억지로 끌려서

끌고 당기며 산언덕에 올랐네.

一春花事閉門過. 慙愧浮生業障多.
强被南隣少年輩, 並來牽挽陟山坡.

7.

진달래꽃 곱게 지고 살구꽃도 스러졌으니

못 믿을 봄바람에 너무나 쓸쓸해졌네.

북저동 복사꽃만[3] 천만 그루 붉게 피어

아담한 꽃맵시를 늦봄까지 간직했네.

鵑花淨盡杏花消. 無懶東風太寂寥.
北渚緋紅千萬樹, 晩春猶保淡粧嬌.

---

1 전생에서 지은 죄로 인하여 이승에서 받는 장애이다.

8.

어젯밤 모진 바람이 한바탕 불더니
꽃동산 봄빛이 삽시간에 사라졌네.
동소문[4] 골짜기에 꽃향내 바다 같더니
꽃비가 부슬부슬 십 리 길에 떨어지네.[5]

昨夜封姨一陣風. 芳園春色片時空.
青門盡日香如海, 紅雨濛濛十里中.

9.

귀록정[6]이 시냇가에 황폐해졌으니
상공의 부귀호사도 뜬구름 같네.
비단 빨던 빨랫돌도 이제는 주인이 없어
촌 할미가 그 위에서 베치마를 말리네.

歸鹿亭荒澗水濱. 相公豪貴似浮雲.
浣紗古石無人管, 只教村婆曬布裙.

---

2 복경(福慶)과 순흠(舜欽) 두 하인이 봄놀이를 가자고 청하기에, 나귀를 타고 잠깐 나갔었다. (원주)

3 북저동의 복사꽃도 이미 철이 늦었다. (원주)

4 청색은 오행에서 동쪽을 가리키므로, 원문에서 청문은 동소문을 가리킨다.

5 북저동에서 동소문까지, 또 동소문에서 신흥사 동구까지 온통 복사꽃이었다. (원주)

10.

청암사 종이 울리고 달빛은 싸늘한데
벽에 걸린 등불만이 글 읽던 방을 기억케 하네.[7]
썩은 선비의 사업이 모두 우습기만 해
흰 머리로 의금부 낭관[8] 자리를 겨우 얻었네.

巖寺鳴鍾月色凉. 懸燈猶記讀書房.
腐儒事業渾堪笑, 贏得金吾白首郎.

6 귀록정은 옛날에 손가의 별장이었는데, 그 뒤 정승 조현명(趙顯命)의 별장이 되었다가, 지금은 팔려서 감사 김계온(金啓溫)의 소유가 되었지만, 몹시 황폐해졌다. (원주)

7 일찍이 계묘년(1783)에 여러 친구들과 함께 청암사에서 글을 읽었다. (원주)

8 김려가 유배지에서 돌아와 의금부 말단 벼슬을 얻었다.

황성리곡 黃城俚曲

◇ 옛날 내 아버님의 벗이었던 신해원(辛解元)이란 분이 날마다 그날 하루에 있었던 일을 시 한 연으로 기록하였다. 그렇게 하여

세 그루 회화나무가 있는 곳은 왕승상 댁이고, 三槐王相宅
다섯 그루 버드나무가 있는 곳은 도연명 집일세. 五柳晉臣門

만 그루 나무는 한여름을 맞이하고 萬木當三夏
수많은 산봉우리는 한 호수를 에워쌌네. 群巒擁一湖

한평생 바른길만 행했으니 一生行直道
만 번 죽어도 횡성에 닿으리. 萬死到橫城

허리 굽혀 푸른 기와집을 바라보니 俯瞰萬瓦碧
아마도 도주공의 집이겠지. 疑是一陶朱

같은 시들을 지었는데, 모두 정교해서 읽을 만했다. 신공이 세상을 떠나자 집안도 가난한 데다 자손들도 변변치 못해, 지은 글들이 모두 전해지지 않게 되었다.

내가 황산에 (현감으로) 있을 때에 날마다 절구 한 수씩 지어 그날 있었던 일을 기록하였는데, 시어가 속되어 볼 만하지 못했다. 그러다가 벼슬을 그만두고 돌아와 여러 상자들을 정리해 보니 잃어버린 것이 절반을 넘었고, 남은 것은 많지 않았다. 그러나 버리기 아까워, 대략 차례를 정해 총서 가운데 넣고, 뒷날 심심풀이로 읽을거리를 삼으려 한다.

경진년(1820) 9월 9일 임술일에 담옹은 쓰다 –「제간성춘예집권후(題艮城春囈集卷後)」

『간성춘예집』은 김려가 1817년 10월부터 1819년 3월까지 충청도 연산현감으로 있으면서 지은 시들을 모아 엮은 시집인데, 황산이나 간성(艮城)은 연산의 옛 이름이다. 이 가운데 실린 「황성리곡」은 '황성에서 보고 들은 일들을 쓴 노래'라는 뜻인데, 7언절구 204수가 실려 있다. 이 가운데 194수는 연산에서 지은 것이고, 10수는 벼슬을 그만두고 돌아와서 지은 시이다. 원문에 제목은 없고 이에 해당되는 설명만 덧붙어 있는데, 편집상 작은 제목을 만들어 붙였다.

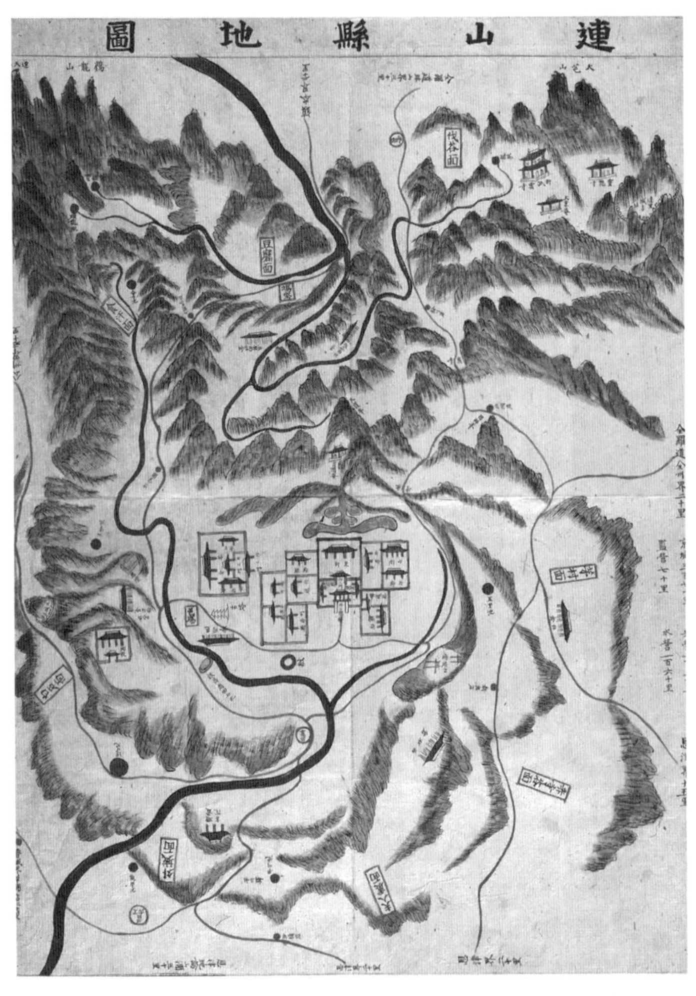

김려가 1817년 10월에 현감으로 부임해 2년 동안 다스렸던 연산현 고지도, 1872년 지방지도.

당번 군교

3.

당번 행수군교가 마루에 오르며 소리 지르니
군령이 아마도 해질녘에 내렸나 보네.
지난밤에 공문 내려와[1] 세금 내라고 재촉하니
해창으로 떠나자고 관아 종에게 다짐하네.

入番首校上廳呼. 軍令分明點日晡.
甘結前宵催稅穀, 海倉行次飭衙奴.

◇ 고을의 군교(軍校)로는 행수군교가 1명, 병방(兵房)군교가 1명 있는데, 차례로 돌아가면서 당직을 선다. 이날 논산 해창에 가서 배에 실어 보낼 세곡(稅穀)을 받았다. (원주)

1 원문의 감결(甘結)은 상급 관청에서 하급 관청으로 보내는 공문이다.

청어장수

4.

청어장수가 청어 사라고 외치면서
비 오듯 땀 흘리고 시장바닥을 돌아다니네.
바닷가에 고깃배들이 고슴도치처럼 모여들더니
엽전 팔백 푼에 한 바리씩 팔리네.

鯖魚過賣吼如雷. 汗雨淋灕亥市迴.
八百銅文當一駄, 漁船蝟集海門隈.

◇ 청어는 스무 마리가 한 두름이고, 백 두름이 한 바리이다. (고기 잡으러 나가려고) 고깃배를 삯 냈을 때에는 고깃값이 몹시 비쌌지만, 올해에는 고깃배들이 몰려들어 고기 시세가 다시 떨어졌다. (원주)

겨울 가뭄

5.

밤 들자 부엌데기들이 은근히 탄식하며
을해년 굶어 죽던 때 일을 저마다 이야기하네.
밀싹은 다 말라 죽고 보리싹마저 얼었으니
올해 굶주림은 어떻게 견뎌야 하나.

夜久廚人暗噫嘻. 齊言乙亥死亡時.
麥苗焦盡牟苗凍, 叵耐今年又苦飢.

◇ 갑술년(1814)과 을해년(1815)에 흉년이 들어 동쪽 지방이 액운을 겪더니, 지난해(1817)에는 호서지방에 흉년이 들었다. 올겨울에도 또 넉 달이나 가뭄이 들고 추워지자, 마을 아낙네들이 서로 걱정하며 한탄하였다. (원주)

연주에 부임하여

6.

일찍이 아버님[1] 따라 이 고장을 지났는데

손가락 한 번 튕길 사이에[2] 세월이 흘러갔구나.

남쪽 귀양 북쪽 유배로 온갖 고생 다 겪다가

고을 사또[3] 임명받아 연주에 이르렀네.

曾從綵服過玆游. 一彈指頃歲月流.

南竄北圍經萬劫, 自將墨綬到連州.

◇ 정사년(1797)에 선친께서 용담현에 현령(종5품)으로 부임하셨는데, 나도 그때 선친을 모시고 왔다가 관자골에 들려서 근와(芹窩) 김희(金憙) 대감을 찾아뵈었다. 그런데 벌써 22년이나 되었다. (원주)

◇ 연주는 연산현인데, 지금의 논산이다. 신라 때에는 황산군이었는데, 고려 초부터 연산이라고 불렀다.

1 원문의 채복(綵服)은 아름다운 관복을 가리킨다. 당시에 김려의 아버지 김재철이 용담현령으로 부임했었다.

2 20념(念)을 1순(瞬)이라 하고, 20순을 1탄지(彈指)라고 한다. –「명의집(名義集)」

3 고을 수령은 동장(銅章)에 검은 인끈을 매고, 연봉 600석을 받는다. –『한관의(漢官儀)』
구리 도장이나 검은 인끈은 고을 수령을 가리키는 말로 쓰였다.

논산시 연산면 연산리에 남아 있는 연산아문과 편액.
김려가 부임했던 연산현 관아의 문루인데, 앞길에 전임 현감들의 선정비가
10여기 남아 있다. 충청남도 유형문화재 제9호. [오마이뉴스 사진]

노름꾼들을 벌주다

7.

두마면 장터는 불량배들 소굴이라
골패노름과 도박으로 젊은이들을 빠뜨리네.
우두머리를 잡아들여 곤장 서른 대를 치고서
오백 냥 속전을 물려 양인으로 바꿔 주었네.

荳磨場市萃逋淵. 馬吊油牌陷少年.
嚴棍另加三十度, 更良收贖半千錢.

연산현지도 두마면 부분에 장터[場垈]가 표기되어 있다.

◇ 두마면 장터는 이 고을의 도회지인데, 토호와 불량배들이 밤낮으로 모여든다. 이날 우두머리 대여섯 명을 잡아들여 엄하게 곤장을 치고, 속전을 물렸다. (원주)

세금

13.

가난한 집에 세금이 심장을 쪼개
시골 아낙네들 무명 짜느라 집집마다 바쁘네.
반 필이 되자마자 한 끝을 잘라내어
날이 밝기도 전에 논산 장으로 다 같이 떠나네.

貧家王稅劚心腸. 村女紅梭到處忙.
斷出木綿纔半疋, 未明齊趁論山場.

◇ 논산은 고장 이름인데, 강창(江倉)이 있는 곳이다. 몇 해 잇따라 목화 흉년이 들어, 동전 100문 가지고 아름다운 무명 6자밖에 사지 못한다. (원주)

계전 각씨

15.

파란 무명치마에 베잠방이 걸치고서
계전 각씨[1]가 눈물 삼키네.
아침마다 친구들과 바구니 들고 나가
밭머리 헤매이며 거여목[2] 뿌리를 캐네.

青木棉裙短布褌. 癸田閣氏淚潛呑.
朝朝約伴携筐去, 採得畦頭苜蓿根.

◇ 지난해 홍수 피해는 을해년(1815) 가뭄보다도 심했다. (그래서) 2월이 되어 언 땅이 녹자, 마을 아낙네들이 늙은이 젊은이 할 것 없이 모두들 들판에 나와 밭이랑에서 풀뿌리를 캐어 먹었다. 계전은 고장 이름이다. (원주)

1817년 7월에 삼남지방과 평안도에 홍수가 났다. 1819년 8월에도 공청도(公淸道)에 대홍수가 나서, 민가 2천여 호가 떠내려가고 20여 명의 백성이 죽었다. 담정이 1819년 3월까지 황산현감으로 있었으므로, 이 시에서는 아마도 1817년(정축년)의 홍수를 가리키는 듯하다.

1 각씨는 방언(方言)에서 젊은 부인을 말한다. – 이규경 『분류 오주연문장전산고』, 「경사편5 논사류2 풍속(風俗)」

2 말이나 소가 먹는 풀이다.

군사 점검

27.

나팔소리[1] 들리더니 둥둥 북소리도 들리는데
한낮이 되도록 관아에 모여 점검하네.
속오군 아병들이[2] 30대나 되는데
아청빛 쾌자[3] 차림으로 복장이 한가지일세.

天鵝聲動鼓鼕鼕. 聚點官門日正中.
束伍牙兵三十隊, 鴉靑快子服裝同.

◇ 본현(황산현)의 각종 군액(軍額) 가운데 각색 아병(牙兵)이 가장 많다. 나는 초열흘마다 그들을 모아 점검하면서, 병기도 정비하고 복장도 갖추게 하였으며, 모자라는 인원도 보충하였다. (원주)

1 원문의 천아성(天鵝聲)은 고니의 울음소리라는 뜻인데, 급한 일이 생겨 군사들을 모을 때에 길게 불던 나팔소리를 가리킨다. 임금이 대궐을 나설 때에 불던 태평소소리도 '천아성'이라 하였다.

2 속오군은 임진왜란 중인 1594년에 역(役)을 지지 않는 양인(良人)과 천민 중에서 군사 조련을 감당할 수 있는 자들로 편성한 군대이다. 이들은 평시에는 군포(軍布)를 바치고, 유사시에만 소집되었다.
아병은 지방관청에 소속된 군사이다.

3 깃·소매·무·앞섶이 없고, 양옆 솔기의 끝과 뒷솔기(등솔)의 허리 아래가 터진, 일종의 마상의(馬上衣)이다. 당나라 때의 반비(半臂) 계통에서 온 옷으로, 답호·배자·몽두리·작자 등과 그 모양이 비슷하다. 조선시대 초기에는 군신(君臣)이 통용하여 철릭 위에 입었으나, 후세에 와서 하급군속 및 조례(하인)의 제복으로도 착용되었으며, 무동(舞童)들이 칼춤을 출 때에도 입었다. 칼춤에서는 초록 저고리와 붉은 치마를 입고 쾌자를 덧입었으며, 남색 전대를 매고 전립을 썼다. 무당들이 입기도 했다.

환자쌀을 내주다

33.

날 저물 무렵에 가마 타고 동헌에 나가서
환자쌀 몇 섬을 네 번째로 나눠 주었네.
예전에 사정 몰라서 매질한 게 후회되니
창고 뜰에 가득 찬 헐벗은 백성들을[1] 내 어찌 보랴.

肩輿日晩赴東廳. 分給還包第四令.
却悔從前鞭撻誤, 忍看鶉鵠滿倉庭.

◇ 우리말로 열다섯 말을 휘[斛]라 하고, 휘를 섬이라 하며, 섬을 포(包)라고도 하는데, (이름은 다르지만) 실은 한가지이다. 환자쌀 나눠 주는 기간을 순(巡)이라 하는데, 순을 령(令)이라고도 한다. (원주)

1 원문의 순곡(鶉鵠)에서 순(鶉)은 순의(鶉衣), 즉 다 떨어져서 누덕누덕 기운 옷을 가리키며, 곡(鵠)은 곡발(鵠髮), 즉 백성들의 센 머리를 가리킨다.

잡비와 인정

40.

잡비에다 인정[1]까지 갖가지로 토색질하니
선혜청[2] 공문 보면 조정에서 앞장서네.
백성들의 살점을 어이 그리 깎아내나
하인놈들 배만 기름지게 만들었네.

雜費人情細鍊磨. 惠廳關子廟謨多.
如何剜刲黔蒼肉, 教喫輿儓肚腹膰.

◇ 올해 봄에 선혜청 당상관 이존수(李存秀)가 잡비 수효를 정해서 공문을 보내, 거둬들이게 하였다. (원주)
이존수(1772~1829)의 자는 성로(性老)이고, 호는 금석(金石)이다. 판서 이문원의 아들인데, 어려서부터 식견이 남달라 정조가 이문원에게 명해 아들 존수를 데리고 들어오게 한 적도 있었다. 1814년 대흉년 때에 영남 관찰사로 내려가 구제에 힘쓰고 선정을 베풀었으므로, 백성들이 생사당(生祠堂)을 세워 그를 기렸다. 1817년에 선혜청 제조로 임명되어 많은 부정을 근절시켰으며, 좌의정까지 올랐다.

1 인정미(人情米)는 조선 후기 부가세의 한 가지이다. 창고를 감독하고 출납하는 하급관리가 백성의 시정을 보아 주는 데 대한 위로비 명목으로 1섬에 2되를 부가 징수하였다. 『대전회통』에 색리(色吏)·고자(庫子) 등이 인정미를 거두면 장일백(杖一百)에 유배 보낸다는 규정이 있지만, 그 폐단이 한말까지 여전하였다.

2 선조 41년(1608)에 상평창의 이름을 고친 기관인데, 대동법에 의한 대동미와 포(布)·전(錢)의 출납을 맡아 보았다.

석왕사의 돌중

41.

석왕사[1] 중들은 모두 돌중이어서
불공은 맘에 없고 돈 벌 궁리만 하네.
시줏돈 삼백 관을 무슨 일로 모았을까.
서방 극락세계 보낸다고 거짓말 퍼뜨렸겠지.

釋王寺衆總頑禪. 不論淨業只論錢.
底事酉台三百貫, 西天極樂募虛緣.

◇ 석왕사는 (함경도) 안변에 있는데, 임금이 쓴 글씨들을 보관하는 집이 있다. (원주)

시골 무당

46.

잎 떨어진 단풍나무 곁에 돌무더기 모아 놓고
가지마다 울긋불긋 헝겊들을 걸어 놓았네.
해사한 시골 무당이 부끄러운 빛으로
대낮 한길에서 방울을 흔드네.

纍石叢隍遶禿楓. 枝頭掛綵散青紅.
村巫玉面含羞澀, 白晝揚鈴大道中.

◇ 경천역(擎天驛)으로 가는 도중에 한 무당을 만났는데, 이가 하얗고 입술은 붉었다. 오른손으로는 방울을 흔들고, 왼손에는 수건을 들었다. 목청을 늘여 느리게 노래 불렀는데, 소리가 몹시 처량했다. (원주)

◇ 경천역은 공주 남쪽 40리에 있다. –「공주목」 역원조, 『신증 동국여지승람』 권17

병천역 아낙네

57.

병천역 아낙네 귀밑머리 세었는데
꽁꽁 묶은 쌀자루 끼고 꿇어앉아 애걸하네.
"성환에서 환자 줄 때 너 말이나 못 탔으니
이번에 차례 되면 마저 타게 해주소."

屛川驛婦鬢如霜. 米裹重重縛布囊
跪乞成歡分餉日, 未收四㪷趁期當.

◇ 병천은 역마을 이름인데, 성환에 속해 있다. 내가 강창(江倉)에 앉아 있노라니, 나이가 쉰은 넘은 늙은 아낙네가 다 떨어진 옷을 입고 와서 하소연했다. 보기에 측은하였다. (원주)

조리돌림

64.

부유한 데다 자식도 많아 쉴 때도 되었건만
아직도 이방 노릇하며 머리털이 다 세었네.
무엇이 모자라서 못된 흉계 꾸미다가
전라도 쉰 고을에 조리돌림당하였나.

家富男多訖可休. 曾經首吏雪盈頭.
如何却做無良計, 自取輪刑五十州.

◇ 노성(魯城) 아전 이덕승(李德昇)은 나이가 일흔이나 되었는데, 이방 자리를 빼앗으려고 이름을 밝히지 않고 투서해 남을 모함했다. 그랬다가 들통나 감영에서 "조리 돌리라"는 공문이 내려왔다. (원주)

고기잡이의 집

66.

포구의 고기잡이네 집은 가시 두른 울타리인데
다 떨어진 고기그물을 아침볕에 말리네.
여윈 할미는 땅바닥에 앉아서 화롯불을 불어 가며
절인 청어를 구워서 젖먹이에게 먹이네.

浦口漁家棘挿籬. 破魚網子曬朝曦.
羸婆地坐吹爐火, 煨着塩鯖哺乳兒.

◇ 논산 창고 마당가에 쓰러져 가는 초가집이 보였는데, 한 노파가 땅에 놓인 화롯불을 불어 가며 청어를 구워서 아이에게 먹였다. 아이는 겨우 세 살쯤 되어 보였다. (원주)

고을 장날

70.

은하수가 기울고 북두칠성도 낮아지자

꼬끼오 하고 새벽닭이 우네.

내일 아침이 고을 장날인 것을 알겠으니

담 너머 감나무 밑에서 떡 치는 소리가 들려오네.

銀河斜流斗柄低. 膠膠角角亥鷄嘶.
料知縣市明朝是, 礌餠聲來柿樹西.

◇ 관아 서쪽 담장 밖에 큰 감나무가 있는데, 그 둘레에 사는 집들은 모두 가난하다. 그래서 고을 장날이 오면 떡을 쳐서 살림한다. (원주)

귀양살이 시절을 꿈꾸다

74.

지난밤에 꿈꾸니 옛일이 생생해
수장루 아래 들꽃 피어 봄이 한창이었네.
오늘은 사천 리 밖 호남 땅 나그네지만
삼십 년 전에는 영북 사람이었네.

一夢今宵悟夙因. 水長樓下野花春.
四千里外湖南客, 三十年前嶺北人.

◇ 부령 북장대(北將臺)에 '산고수장루(山高水長樓)'라는 현판이 걸려 있다. 내가 귀양살이할 때에 이 다락에 즐겨 올랐는데, 어젯밤 꿈에 문득 그곳에 올랐다. (원주)

전배 비장

80.

청도기[1] 한 쌍 앞세우고 진문이 열리더니
북 치고 징 울리며 차비를 재촉하네.
온 부대가 무장하고 준마 위에 앉으니
전배 비장[2] 모습이 웅걸차구나.

一雙淸道陣門開. 打鼓擂鉦次第催.
全副戎裝跨駿馬, 前陪裨將也雄哉.

◇ 순행(巡行) 비장(裨將)은 전배(前陪)가 되는 것을 영광스럽게 여긴다. 이번에는 선달 손인택(孫仁澤)이 전배 비장이 되었다고 한다. (원주)

1 남색 바탕에다 '청도(淸道)'라는 글자가 쓰여 있는 깃발인데, 수령이나 고관이 행차할 때에 길거리에 나다니는 사람이 없도록 단속하려고 앞세웠다.

2 감사나 절도사 등의 지방장관들이 데리고 다니던 막료인데, 의주·동래·강계·제주의 수령 및 방어사를 겸한 모든 수령들도 비장을 거느리는 것이 관례화되었다. 감사나 절도사는 휘하 수령에 대한 부임인사를 비장에게 대신 시키기도 했으며, 민정을 염탐시키기도 하였다.
전배 비장은 감사나 부사가 행차할 때에 앞에서 길을 잡으며 가는 비장을 말한다.

성삼문의 집터

90.

차마 어찌 말하랴, 을해년 외로웠던 충신들의 이야기를[1]
노릉에 가을비 내리고 날 저물자 두견새소리 슬프구나.
지나던 나그네들이 아직도 그의 옛집 터를 알아보고는
말에서 내려와서 근보[2]의 비석을 찾아보네.

忍說孤忠乙亥時. 魯陵秋雨暮鵑悲.
行人尙識遺墟在, 下馬來尋謹甫碑.

◇ 매죽헌(梅竹軒) 성삼문(成三問)은 연산 사람이다. 계전(癸田)에 그가 살던 집터가 있는데, 후세 사람들이 비석을 세웠다. (원주)
성삼문 유허비는 논산군 부적면 충곡리에 있다. 성삼문의 묘는 가야곡면 양촌리에 있는데, 충청남도 문화재자료 제81호이다.

1 1453년(단종 1)에 수양대군이 원로대신 황보인·김종서 등 수십 명을 죽이고, 조카인 단종을 내쫓은 뒤에 스스로 임금이 되었다. 이 사건이 계유정난이다. 그로부터 2년 뒤인 1455년(을해)에 성삼문을 비롯한 충신들이 단종을 복위하려고 준비하다가 김질의 밀고로 발각되어, 성삼문을 비롯한 사육신과 많은 충신들이 살해되었다.

2 근보는 성삼문의 자이다.

아우 순정과 하룻밤을 자고

91.

우리 삼형제가 한 이불 덮고 자랐는데
늙어 가며 생각하니 순정[1]이 가장 애처롭네.
어제 갑자기 왔다가 내일 당장 가겠다니
두 줄기 흐르는 눈물을 걷잡지 못하겠네.

三兄弟共一衾眠. 暮境蒓亭最可憐.
昨忽來看明忽去, 不堪雙涕暗潸然.

◇ 순정이 (내) 병중에 찾아왔다가, 곧 떠나려 하였다. 떠나려는 사람을 붙잡으면서, 서글픈 마음을 이길 수가 없었다. (원주)

1 담정은 3형제 가운데 맏이다. 큰아우 선(鐥)은 자가 사홍(士鴻)이고 호가 서원(犀園)이며, 작은아우 황(鍠)은 자가 사순(士醇), 호가 순정이다.

청풍부사가 찾아오다

93.

급창과 관노가 달려와서 다급히 알리니
청풍부사가 문 안에 드셨다네.
헤어질 적의 인사가 아직도 꿈 같은데
내 얼굴은 검어졌고 그대 머리는 희어졌네.

及唱官奴走報知. 淸風府使入門時.
別來人事渾如夢, 我貌黧黃子鬢絲.

◇ 내가 앓는다는 소식을 듣고, 청풍부사가 혼자서 말을 타고 달려왔다. (원주)

시집간 딸

100.

시집간 딸 만나본 지가 벌써 칠 년이나 되었는데
여기저기 떠돌아다니다가 홍천 땅에 몸 붙였다네.
다정한 편지 몇 장에 그리움 더욱 깊어져서
동쪽 구름을 바라보며 서글퍼지네.

有女睽離已七年. 卽今流落古洪川.
多情數紙情還惻, 回首東雲但惘然.

◇ 내 사위 송일준(宋一準) 평재(平哉)는 은진의 이름난 집안 출신인데, 집이 가난해서 떠돌아다닌다. (요즘은) 강원도 홍천현에서 덕옹(德翁)과 한마을에 산다. (원주)

아우를 보내고

103.

서원[1]이 말머리를 못 돌리고 주저했네.

이제 떠나면 언제까지 애타도록 기다려야 하나.

처마 끝에 까치가 와서 반갑게 지저귀더니

서울에 닿았다는 소식을 비로소 알게 되었네.

犀園回馬苦遲遲. 眼穿腸消待幾時.
簷角丁寧靈鵲語, 始知行李抵京師.

◇ 서원이 내가 병중이라는 소식을 듣고 4월 10일에 급히 달려와 만나보고는, 곧바로 떠나갔다. 5월 7일에야 (아우를 바래다주었던) 종과 말이 비로소 돌아왔다. (원주)

1 큰아우 선(鐥)의 호이다. 선은 담정의 큰아우인데, 그의 손자가 1876년에 일본에 수신사(修信使)로 파견되어 『일동기유(日東記游)』를 기록한 김기수(金綺秀, 1832~1894)이다.

계백 장군

104.

계백 장군이 그 옛날 진 치고 싸우던 곳에
무너진 성과 보루들만 강가에 널려 있네.
몸은 비록 죽었지만 이름은 죽지 않았으니
청사에 꽃다운 이름이 길이길이 전하리라.

階伯將軍舊戰基. 壞城頹壘壓江湄.
公身可死名難死, 芳躅流傳竹史奇.

◇ 백제 장군 계백이 신라군과 황산에서 싸웠는데, 힘이 다해 죽었다. (원주)

논산

106.

논산창 나룻가에 물길이 구름과 닿아
산언덕 끊긴 곳으로 바닷물이 들어오네.
창고 언저리에 사는 자들은 모두가 건달이라
목롯집에서 온종일 붉은 치마에 취해 지내네.

論倉浦口水連雲. 岡勢初斷海勢分.
倉底居生游宕子, 壚頭盡日醉紅裙.

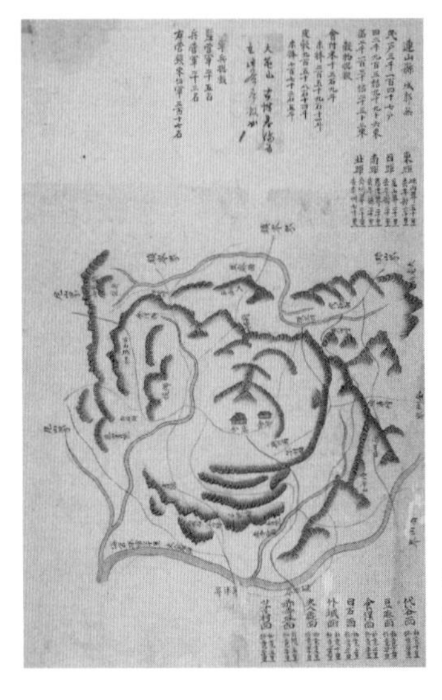

해동지도 연산현 아래쪽에 "해창은 관아에서 30리 떨어져 있다[海倉距官三十里]"라고 쓰여 있다.

◇ 우리 고을의 해창(海倉)이 논산 포구에 있는데, 논산은 은진현에 속해 있는 바닷가의 한 도회지이다. (원주)

두 연못의 연꽃

113.

연산의 산줄기가 구불구불 이어지다가
평탄한 들판이 먼 하늘까지 펼쳐졌네.
둔암 바위 아랫길을 서글피 바라보니
아한정은 무너지고 두 연못에 연꽃만 피었구나.

連山山勢鬱蜷連. 野色平鋪極遠天.
惆悵遯巖巖下路, 雅閒亭廢兩池蓮.

◇ 아한정은 최청강(崔淸江)이 살던 곳이다. 사계 김장생이 그 옛터에다가 집을 짓고, 양성헌(養性軒)이라는 편액을 붙였다. 그가 즐기던 8경 가운데 '두 연못의 연꽃[兩池荷花]'이 있다. (원주)

개태사의 무쇠가마

115.

영웅의 공업이 강산을 뒤흔들었는데
초상 모셨던 절터에는 옛 모습이 스러졌네.
그때 쓰던 무쇠가마만 아직도 남아 있어
오가던 나그네들이 열백 번 찾아보네.

英雄功烈震湖山. 聖刹遺墟泯舊顏.
秖有當時鋼鐵鑊, 行人指點百回看.

◇ 개태사(開泰寺)는 천호산에 있는데, 옛날에는 고려 태조의 화상을 모셨던 집이 있었다. 지금은 다 무너지고 커다란 무쇠가마 하나만 남아 있는데, 둘레가 여덟 발에다 높이가 한 발이나 되는 것이 들판 밭 가운데 놓여 있다. (원주) 개태사의 무쇠가마는 지름 3m, 높이 1m, 둘레 9.4m인데 충청남도 문화재자료 제1호이다. 가뭄 때에 이 솥을 끌어다 놓으면 비가 온다고 해서, 여러 곳으로 옮겨 다녔다. 1944년에 고철로 징발당하게 되어 부수려고 하자 갑자기 뇌성벽력이 쳐서 파괴되지 않았다고 한다.

병계집

129.

윤병계의 문집을 어느 해에 간행했던가.

주막집에 도배하며 거꾸로 붙였네.

그의 도덕과 문장이 이렇게 버림받았으니

대추나무 판목이 너무나 가여워라.

尹屛溪集繡何年. 店壁橫黏又倒聯.
道德文章休話了, 眚灾棗木也堪憐.

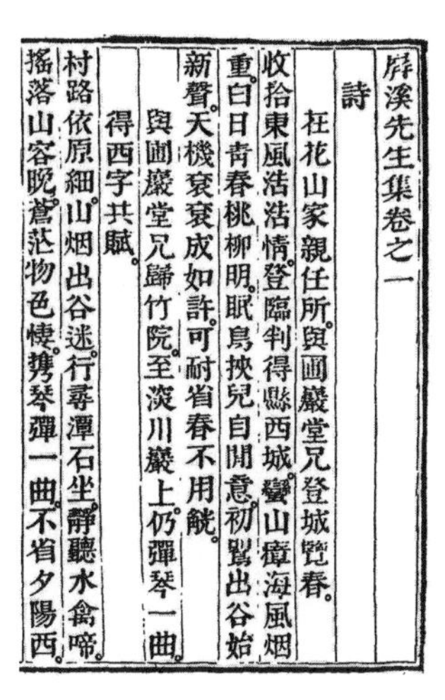
屛溪先生集卷之一
詩
在花山家覲任所。與圃巖堂兄登城覽春。
收拾東風浩浩情。登臨判得縣西城。巒山瘴海風烟
重。白日靑春桃柳明。眠鳥挾兒自開意。初鶯出谷始
新聲。天機袞袞成如許。可耐省春不用鯱。
與圃巖堂兄歸竹院。至淡川巖上。仍彈琴一曲。
得西字共賦。
村路依原細。山烟出谷迷。行尋潭石坐。靜聽水禽啼。
搖落山容晩。蒼茫物色棲。携琴彈一曲。不省夕陽西。

김려가 주막집 벽에 도배된 것을 보았던 『병계집』 첫 장

◇ 병계(屛溪)의 이름은 윤봉구(尹鳳九, 1681~1767)인데, 자는 서응(瑞膺)이며, 수암(遂菴) 권상하(權尙夏, 1641~1721)의 문인이다. 은일(隱逸)로 공조판서를 지냈으며, 시호는 문헌(文獻)이다. 주막집 벽에 도배한 종이가 바로 『병계집』이었으므로 이렇게 쓴 것이다. (원주)

대동미

134.

대동미[1]를 채워 놓느라고 머리가 다 세어지는데
익은 곡식으로 모자라 청대채로 베어내네.
백성들의 어려운 생활이 지금 이러하니
소보(召父)[2] 당년에도 이런 때가 있었던가.

牟糴開倉髮欲皤. 打黃全少殺青多.
生靈困苦今如許, 召父當年似我麽.

◇ 지난해 우리 고을이 냉해를 혹심하게 입었으므로, 아직 백성들에게서 거두지 못한 대동미가 오백 섬이나 되었다. 그런데 감영에서는 또 올해 환자쌀을 바치라고 독촉장을 보냈다. (원주)

1 대동미는 대동법에 의해서 거두었던 쌀이다. 조선 전기에는 농민들이 여러 가지 세금을 내었는데, 공물(貢物)·진상(進上)·관수(官需)·쇄마(刷馬) 등을 모두 전세화(田稅化)하여 1결(結)에 백미 12말씩 징수하고, 이를 서울과 지방 각 관청에 배분하여 각 관청에서 필요한 만큼 민간에서 물건으로 사다 쓰도록 제정한 법이 바로 대동법이다.

2 무성한 저 아가위나무
베지도 말고 치지도 말라.
소백님이 머무셨던 곳이라네.
蔽芾甘棠, 勿翦勿伐, 召伯所茇. —「감당(甘棠)」, 『시경』
소나라 목공이 남쪽을 순행하다가 이 아가위나무 아래서 쉬며 백성들을 돌보았기에, 백성들이 그의 덕에 감복하여 이 나무까지도 소중히 사랑하여 노래를 불렀다. 이 시는 그 뒤에도 어진 수령을 예찬하는 시로 많이 쓰였다.

선주

141.

조운선[1]의 선주가 간사하고도 약삭빨라
날알로 받지 않고 돈으로만 내라고 하네.
서울에서는 쌀값이 사백 냥이나 싸다니
이번 뱃길을 마치면 왕십리[2] 밭을 사려나 보지.

漕船船主極奸儇. 不捧長腰只捧錢.
米價京倉低四百, 今行擬買枉尋田.

◇ 우리 고을에 흉년이 들어 쌀 한 섬에 열한 냥인데, 서울에서는 여섯 냥이라고 한다. 왕십리는 서울 동문 밖 10리 되는 곳인데, 무밭과 미나리밭이 아주 훌륭하다. (원주)

1 현물로 거둬들인 각 지방의 조세를 배로 서울까지 운반하는 제도를 조운이라고 하는데, 바다로 오는 것은 해운(海運)이고, 강으로 오는 것은 수운(水運), 또는 참운(站運)이라고 하였다. 나라에서는 지방의 세곡(稅穀)을 수송하기 위해서 강가에 수운창을 세우고, 바닷가에 해운창을 세웠다. 여기에 세곡을 모아 두었다가, 일정한 시기에 경창(京倉)으로 옮겼다. 배 한 척에 600석을 한도로 실었으며, 전함사 소속의 해운판관(종5품)이 이 업무를 지휘 감독하였다. 그러나 대동법이 실시되면서 조운량이 증가되자 경강사선(京江私船)이 조운을 나눠 맡았는데, 한강 일대 객주와 여각의 경강상인들이 이 배를 소유하면서 횡포를 부렸다.

2 조선을 건국할 때에 무학대사가 서울의 자리를 잡기 위해 이곳까지 왔었는데, 밭 갈던 노인에게서 '미련한 무학'이란 말을 듣고 되돌아갔다. 그래서 '잘못 찾아왔다'는 뜻으로 '왕심리(枉尋里)'라고도 썼다.

물난리

142.

보리에는 뿔이 나고 밀에도 귀가 생겼네.

갯물이 넘쳐흘러서 여뀌까지 다 잠겼네.

여러 마을에서 잇달아 오는 급보를 받아 보니

메마른 마고평에도 물이 줄줄 흐른다네.

麰頭生角麥生耳, 浦潡漫空塾蓼蘢.
雪片飛來該里牒, 馬皐坪上水滕滕.

◇ 마고평은 고을에서 서쪽으로 19리에 있는데, 땅이 가장 메마른 데다 수원(水源)도 없다. (원주)

목화밭과 콩밭

146.

목화밭이 아니면 분명히 콩밭이겠지.

이랑 뒤덮은 푸른 잎들이 동전 같구나.

촌 할미가 밭에 든 송아지를 몰아내는데

머리에 인 물동이에는 푸른 샘물이 담겼네.

不是棉田是菽田. 覆區青葉似銅錢.
村婆叱犢田中出, 頭戴磁甂汲碧泉.

◇ 노성과 연산 사이는 목화밭과 콩밭인데 모두 무성해서, 퍼진 잎들이 밭을 뒤덮었다. (원주)

다 달아난 마을

147.

도랑물도 말라서 바닥을 드러내고

농가에는 닭과 개도 보이지 않네.

몇 이랑 메마른 밭은 누가 갈아서 먹었는지

아무도 없는 밭에는 고자화[1]만 피어 있네.

溝水漣漣露淺沙. 幷無鷄犬野農家.
荒田數畝誰耕食, 遍地空開鼓子花.

◇ 노성으로 가는 길에 네댓 집 되는 마을이 보였는데, 세금 독촉에 시달려 사방으로 다 달아나고, 무너져 가는 집들만 남아 있었다. (원주)

1 『본초(本草)』에서 선화(旋花)를 '고자화'라고 하였는데, 들판에 저절로 자라는 넝쿨풀이다.

무명치마 젊은 아낙네

150.

갯마을 젊은 아낙네가 남색 무명치마에다
눈썹 살짝 그리고 연하게 단장했네.
자라새끼 몇 마리를 노끈에 꿰어 들고는
맨종아리 걸음으로 시장 향해 분주히 가네.

浦村少婦木藍裳. 淡掃蛾眉淡淡粧.
箝得馬蹶油鱉子, 走向橋虛赤脚忙.

◇ 『선원보(璿源譜)』를 가져오는 행차를 맞으러 갔다가 돌아오는 길에 한 젊은 아낙네를 보았는데, 한 손에는 가래를 들고, (다른 손에는) 자라 몇 마리를 꿰어 들고 시장을 향해 바삐 가고 있었다. (원주)

『선원보』는 전주 이씨 왕실의 족보인데, 왕실뿐만 아니라 지방 관아에도 나눠서 보존하였다. 『선원보』는 여러 차례 다른 이름으로 편찬 간행되었는데, 이때 반포된 족보의 정확한 이름은 『선원계보기략(璿源系譜紀略)』이다. 이 책은 1681년(숙종 7)에서 1931년까지 왕이 바뀔 때마다 부정기적으로 수정 편찬하여 종친과 조정 신하들에게 반포하였다. 후기의 『선원보』는 대개 21~28권 8책 분량이다.

마가목술

152.

마가목으로 술 빚는 묘방을 얻었네.
창출에다 당귀까지 같이 넣어야 좋다네.
고을 안에 술 빚는 집이[1] 삼십 호나 되지만
조씨 할미가 빚는 술이 가장 맛있다네.

丁公藤酒得神方. 蒼朮當歸等分良.
縣裏青帘三十戶, 先頭美釀趙孃孃.

◇ 정공등을 일명 오갈피라고 하는데, 오갈피술을 빚어 먹고 싶었다. 고을에서 조씨 할미네 집이 가장 잘 빚는다기에, 그에게 돈을 주어 부탁하였다. (원주) 정공등은 오갈피가 아니라 마가목이다.

1 원문의 청렴(青帘)은 푸른 깃발인데, 술 파는 집에 깃발을 높이 걸었던 풍습이 있었다.

주막집 아낙네

171.

지경고개 양옆으로 두 고을 주막이 있어
술잔을 권하느라고 북처럼 분주하네.
주막 아낙네 옥 같은 손길이 파처럼 날렵한데
나그네에게 돈을 긁어서 비단 주머니를 채우네.

地境場邊兩酒坊. 傳盃漢子竄梭忙.
壚姬玉貌纖蔥指, 對客攤錢納錦囊.

◇ 괴산읍에서 10리 못 미친 곳에 지경고개가 있다. 고개 밑 좌우 마을은 청주와 괴산 땅인데, 두 주막 사이가 몇백 걸음 된다. (원주)

경심령

186.

경심령 고갯길은 새들도 쉬어 넘는 곳.

나그네들이 가슴을 쓸며 우물을 찾네.

험한 산 높은 고개를 지겹게 넘었으니

세상 어디에도 가슴 놀라게 할 고개는 또 없겠지.

驚心嶺上鳥休臨. 行者捫膺摘井參.
我飽鬼門關路險, 世間無處更驚心.

◇ 황강에서 본 고을로 들어가는 중간에 한 고개가 가로막혔는데, 몹시 험준해서 이름을 경심령이라고 한다. 함경도의 삼가령(三家嶺)과 비슷하다. (원주) 경심령(驚心嶺)은 '가슴을 놀라게 하는 고개'라는 뜻이다.

황성현 감무 벼슬을 그만두며

195.

황성현 벼슬살이가 한바탕 꿈만 같아
찼다가 기우는 처마의 달을 열여덟 번이나 맞이했네.
옥살이 같은 시련을 실컷 겪었으니
나는 듯이 돌아가 북악 밑에서 쉬고 싶어라.

黃城一局夢碁麄. 簷月虧盈十八番.
眞住獄中經劫盡, 浩然歸臥北山樊.

◇ 정축년(1817) 10월에 부임했다가, 기묘년(1819) 3월에 돌아왔다. 벼슬을 그만둔 뒤에 10수를 지었다. (원주)
이 뒤에 실린 시들도 황산에서 지은 시들이라서, 편의상 「황성리곡」에 실었다. 벼슬은 그만두었지만, 인계인수를 위해서 황산에 며칠 더 있었기 때문이다.

삼 년 벼슬살이에 보람이 없어

196.

세금만 빼낼 건가, 지켜줄 건가 옛사람 말도 있으니[1]
고을 맡고서 근심 나누는[2] 그 뜻이 깊었네.
벼슬살이 삼 년 동안 조그만 보람도 없어
임금님 은혜를 저버린 신하는 부끄럽기만 해라.

繭絲保障古人言. 字牧分憂意有存.
三年未效涓埃力, 慚愧微臣負聖恩.

◇ 새로 부임한 감사 박종경(朴宗京)은 우리 집안과 대대로 사이가 나빴다. 그래서 전 감사에게 말미를 얻어 가지고 돌아가기로 결심한 것이다. (원주)

1 고치에서 실을 뽑듯이 백성들에게 세금만 빼낼 것인가, 아니면 (백성들을) 지켜줄 것인가? -「조세가(趙世家)」, 『사기』 권43

2 임금의 근심을 나눠 맡는다는 뜻이다.

두마장 이리떼

198.

늙은이들이 수레 잡고 눈물 흘리며 말하길,

백성들이 복이 없어 훌륭한 사또를 보낸다네.

이제부터 두마장 장터 가는 길에는

옛날처럼 한낮에도 이리떼가 노닐 거라네.

父老攀車涕泗流. 生靈無福送賢侯.
從今荳市場邊路, 依舊豺狼白晝游.

◇ 두마장(荳磨場)은 토호들이 제멋대로 행패 부리며 재물을 빼앗는 곳으로, 이 고을에서 가장 큰 걱정거리이다. (원주)

풍뢰헌

199.

토호들 추려내고 강한 놈 억누르기가 어렵다지만
남의 얼굴만 쳐다보기 좋아해설세.
나라 은혜를 보답하려 한 가지 생각하고
소반보다도 크게 '풍뢰헌' 세 글자를 써서 걸었네.

鋤豪抑强或云難. 只好傍人外面看.
報答天恩惟一事, 風雷額字大於盤.

◇ 옛날에는 동헌에 현판이 없었다. (그래서) 내가 "위에서 덜어내어 아래에 보탠다"는 옛글의 뜻을 따서 '풍뢰헌'이라는 편액을 써 붙였다. (원주)

상원이곡 上元俚曲

◇ 이현동체(李玄同體) 25수를 본받아 내달리며 지어 운루(雲樓) 유자범(兪子範)에게 보내다. (원주)

문집에는 「상원이곡」이라는 제목 밑에 이 원주가 같은 크기의 글자로 계속되어 제목처럼 보이지만, 「상원이곡」이라는 제목이 널리 알려져서 이 부분을 원주로 처리하였다.

◇ 상원은 정월 대보름날이다. 「상원이곡」은 이날 민간의 풍습을 25수의 칠언절구로 지은 것인데, 「간성춘예집」에 「황성리곡」과 함께 실려 있다. 역시 민요체를 염두에 두었으므로 이곡(俚曲)이라는 이름을 붙였다.

대보름

1.

해마다 둥근 달로 시작했는데
올봄엔 대보름이 되어도 헛되이 보내네.
병으로 누워 있느라고 철이 바뀌는 것도 몰랐으니
이웃집 아이들 밤새 떠드는 소리가 듣기 지겹네.

庚年圓魄是頭番. 虛度今春作上元.
病枕不知時候變, 厭聽隣丫達宵喧.

◇ 이날 밤 유자범·이숙가(李叔嘉)와 함께 낙산(駱山)에 올라가기로 약속했는데, 나는 병으로 가지 못하고, (시끄러워서) 밤새 잠도 못 잤다. (원주)

약식

2.

찹쌀 씻어 밥을 지으며 곶감과 대추를 넣고
잣에다 꿀까지 맛있게 섞네.
집집마다 약식 짓기가 이제는 풍속이 되어
까마귀에게 제사 지내지[1] 않고 조상 사당에 올리네.

柿餅棗膏稉鑿宜. 海松子白蜜如脂.
家家藥飯成風俗. 不祭烏神祭祖祠.

◇ 신라 소지왕이 정월 보름날 찰밥을 지어서, 신령스러운 까마귀에게 제사 지내 은혜를 갚았다. 우리나라 사람들이 그로부터 명절 음식의 하나로 삼아 조상의 제사상에 올렸다. (원주)

1 제21대 비처왕(소지왕) 즉위 10년 무진(488)에 왕이 천천정에 거둥했다. 그때 까마귀와 쥐가 와서 울었는데, 쥐가 사람의 말을 했다.
"이 까마귀가 날아가는 곳을 찾아가시오."
왕이 기사를 시켜 따라가게 했다. 남쪽으로 가다가 피촌에 이르자 돼지 두 마리가 서로 싸우고 있었다. 한참 서서 바라보다가 갑자기 까마귀가 간 곳을 잃어버려, 길가에서 배회했다. 그때 한 노인이 못 속에서 나와 편지를 올렸는데, 그 겉봉에 이렇게 씌어 있었다.
"이 편지를 열어 보면 두 사람이 죽고, 열어 보지 않으면 한 사람이 죽을 것이다."
편지를 가져다 왕에게 바쳤더니, 왕이 말했다.
"두 사람이 죽는 것보다는, 열어 보지 않고 한 사람만 죽는 것이 낫다."
그러자 일관이 아뢰었다.
"두 사람은 보통 사람이고, 한 사람은 왕입니다."
왕이 그럴듯하게 여겨 열어 보니, 그 편지에 이르기를,
"거문고 갑을 쏘아라."
했다. 왕이 궁중에 들어와 거문고 갑을 보고 활을 쏘았더니, 내전에서 향을 사르며 도를 닦던 중이 궁주(宮主)와 함께 간통하고 있었다. 두 사람은 죽임을 당했다. 이때부터 우리나라 풍속에 해마다 정월의 첫 해일(亥日), 첫 자일(子日), 첫 오일(午日)이 되면 모든 일을 삼가 함부로 행동하지 않고, 보름날은 '까마귀를 기(忌)하는 날'로 삼아 찰밥으로 제사를 지냈는데, 지금까지도 행해진다. 이런 것들을 속언으로 '달도(怛忉)'라고 했는데, 슬프고 근심스러워 모든 일을 금기한다는 뜻이다. 그 못을 서출지(書出池)라고 이름 지었다.
-「거문고 갑을 쏘아라[射琴匣]」, 『삼국유사』 제2「기이(紀異)」 상

부럼

3.

호두와 밤을 깨물면 이빨이 튼튼하고
부스럼도 부드럽게 터져 잘 낫는다네.
하늘이 이 소원대로 낫게만 해주신다면
침쟁이와 의원이 없어도 한평생 잘살겠네.

胡桃鄹栗養牢牙. 嚼破瘡膌輭似瓜.
假使天神依此呪, 瘇鍼醫絶好生涯.

◇ 우리나라 풍습으로 정월 대보름 아침에 마른 호두와 생밤을 깨물면서 '부스럼 깨기'라고 비는데, 이를 또는 '이 굳히기'라고도 한다. (원주)

◇ 이 풍속을 '부럼'이라고 하거나, '부럼 먹는다'고 한다. '부럼'의 어원에 대해서는 두 가지 설명이 있는데, 껍질이 굳은 열매들을 모두 아울러 '부럼'이라고 한다는 설명도 있으며, 부스럼의 준말이라는 설명도 있다. 정월 대보름날 저녁에 다리를 밟으면 일 년 내내 다리가 건강해진다는 풍습처럼, '부럼'이라는 소리가 같기 때문에 나온 풍습이다.
'부스럼 깨기'에서 '이 굳히기'로 바뀐 이유는 부럼의 껍질이 단단해서 이도 단단하게 해준다고 유추되기 때문이다. 실제로 단단한 음식을 많이 먹으면 이가 단단해지는 효과도 있다고 한다.

귀밝이술

4.

촌 할미 빚은 술이 빛깔도 먹음직해져
지난밤에 향내가 나자 처음으로 봉지를 뗐네.
이 술 한 잔을 사서 마시면 귀가 밝아진다기에
첫새벽에 마셨더니 가슴이 서늘해지네.

邨婆甕釀鴨頭濃. 昨夜香泥肇擗封.
沽得一盃聽耳釅, 五更三點冷澆胸.

◇ 우리나라 풍속으로 대보름날 새벽에 찬 술을 한 잔 마시는데, 이름을 '귀밝이술'이라고 한다. (원주)

널뛰기

5.

널다리 건너에서 처녀들이 널 뛰는데
언니는 높이 오르고 아우는 낮게 뛰네.
제 힘이 모자라서 그런 건 생각 못 하고
언니보다 못하다고 투덜거리네.

隣丫跳板板橋西. 阿姊全高阿妹低.
不念兒家身忒健, 喃呢罵姊苦難齊.

◇ 정월 대보름날 처녀들이 긴 널판자를 볏짚베개 위에 올려놓고 양 끝을 밟으며 서로 뛰어오르는 놀이를 하는데, 높이 오르는 자가 이긴다. (원주)

8.

사금파리 모아다가 둥글게 다듬어서
구멍 뚫고 돈을 꿰니 돈꾸러미 비슷해라.
처용귀신이여,[1] 실컷 먹고 이 밤으로 떠나가소.
마을 아이들이 허수아비에게 액막이돈을 던져 주네.

拾破陶甗鑿得圓. 貫條恰像孔方穿.
處容飽喫今宵去, 贏補村兒度厄錢.

◇ 짚을 묶어 처용신을 만들고, 배에다 떡이나 밥·돈·패물을 넣어 버리면서 '액막이'라고 한다. 가난한 집에서는 사금파리로 돈 모양을 만들어, (돈을) 대신한다. 처용은 신라 사람이다. (원주)

1 어느 날 (헌강)대왕이 개운포에서 놀다가 장차 돌아오려고, 낮에 물가에서 쉬고 있었다. 그때 갑자기 구름과 안개가 자욱해지며 길을 잃게 되었다. 괴상히 여겨 좌우에게 물었더니, 일관이 아뢰었다.

"이것은 동해 용의 조화입니다. 뭔가 좋은 일을 베풀어 주어야겠습니다."

그래서 유사에게 명해 용을 위해 그 근처에 절을 지어 주게 했다. 명령이 내리자 구름이 열리고 안개가 흩어졌으므로, 그곳을 개운포(開雲浦)라고 했다. 동해 용이 기뻐하여 곧 일곱 아들을 데리고 임금 앞에 나타나 덕을 찬양하며 춤추고 노래했다. 그중 한 아들이 왕의 행차를 따라 서울에 들어와 왕의 정치를 보좌했는데, 그 이름을 처용(處容)이라 했다. 왕이 미녀를 아내로 삼아 주어 그의 마음을 잡아 두려 했다. 또 급간 벼슬도 주었다.

그의 아내가 몹시 아름다웠으므로 역신(疫神)이 그를 흠모해, 사람으로 변신해서 밤중에 그의 집에 갔다. 남몰래 그의 아내와 잠자리를 같이했다. 처용이 밖에서 집에 돌아왔다가 잠자리에 두 사람이 있는 것을 보고는, 노래를 부르고 춤을 추면서 물러섰다. 그 노래는 이렇다.

동경 밝은 달에 / 밤들이 노니다가
들어 자리를 보니 / 다리가 넷이러라.
둘은 내해였고 / 둘은 누구핸고.
본디 내해다마는 / 빼앗은 것을 어찌하리오.

그때 역신이 모습을 나타내어 그의 앞에 무릎을 꿇고 말했다.

"제가 공의 아내를 사모해 오다가 오늘 범했습니다. 그런데도 공이 성낸 기색을 보이지 않으니, 감동하고도 아름답게 여깁니다. 맹세코 이제부터는 공의 화상(畵像)만 보아도 그 문에 들어가지 않겠습니다."

이런 까닭으로 나라 사람들이 문 위에 처용의 얼굴을 그려 붙여 사귀를 물리치고 경사를 맞이했다. –「처용랑 망해사」, 『삼국유사』 제2 「기이」 하

더위팔기

9.

여름 불볕이 내려쬐면 온 세상이 다 탈까봐
더위귀신[1]을 보낸다고 더위주머니를 만들어 던지네.
더위주머니를 주운 아이들이 마을 앞으로 달려가
유상주[2] 집에 찾아가서 더위를 팔고 돌아오네.

火傘張紅潑湯灰. 祝融行處暑囊堆.
樵青拾取村東去, 兪尚州家賣得迴.

◇ 대보름날에 더위를 파는 풍습이 있다. 나도 장난삼아 운루(雲樓) 유자범(兪子範)에게 더위를 팔았다. 그리고 글을 지어 문단의 한 웃음거리로 삼으려 한다. (원주)

1 원문의 축융은 여름, 또는 불을 맡은 신이다.

2 '유상주'는 '상주목사를 지낸 유아무개'라는 뜻인데, 이 시에서는 유자범을 가리킨다.

다리밟기

11.

지네발처럼 긴 다리가 몇 군데나 있는데
갓 개인 하늘에는 티끌 한 점도 없네.
남녀가 구름처럼 떼 지어 오는데
다리를 한번 밟고 나면 온갖 병이 다 없어진다네.

蚣蝮長橋幾處嵬. 新晴天氣瀞無埃.
如雲士女成羣隊, 百病消磨走一回.

◇ 이날 밤 (장안의) 남녀들이 무리를 지어 광통교(廣通橋)부터 시작해서 성 안의 돌다리들을 두루 밟으며 건너는데, 이것을 '온갖 병쫓기[走百病]'라고도 하고, '다리밟기[踏橋游]'라고도 한다. (원주)

◇ 청계천에 28 다리가 걸려 있었는데, 광교가 두 개 있었다. 큰 광교는 종로구 서린동에 있었고, 작은 광교는 남대문로 1가 23번지 남쪽에 있었다. 이 일대를 광통방이라고 하였는데, 큰 광교골은 남대문로 1가와 삼각동에 걸쳐 있었고, 작은 광교골은 그 남쪽 동네였다. 대보름날 밤에 열두 다리를 밟으면 1년 동안 다리를 앓지 않는다고 해서, 그날 밤에는 서울 사람들이 모두 나와 밤늦도록 돌다리를 밟았는데, 광교와 수표교에 가장 많이 모였다. 다리[橋]와 다리[脚]의 뜻이 같기 때문에 생겨난 민속이다.

연날리기

13.

영성위가 죽은 뒤부터 옛 풍속이 드물어져
얼레 위에 흰 명주실 감긴 것을 보지 못하겠네.
마을 아이들이 용케도 옛 모양을 흉내 내어
무명실로 연줄 만들어 종이연을 날리네.

永城尉後古風稀. 不見纙車白索圍.
祗敎村童依樣好, 棉絲齊放紙鳶飛.

◇ 이날 풍속으로 종이연을 날린다. 영성위 신광수(申光綏)는 영조 임금의 사위인데, 흰 명주실을 얼레에 감아 연을 날렸다. 당대에 으뜸이었다. (원주)

쥐불놀이

14.

쥐불이 밤새도록 붉은 불꽃 춤추며
채마밭과 콩밭 두둑을 골고루 다 태우네.
더벅머리 아이들은 신난다고 손뼉 치니
올해에도 들쥐들을 다 태워 죽여 없애겠네.

野火通宵紫燄飄. 菜塍荳壟一齊燒.
街髫拍手歡何事, 殺盡今年鼠喙焦.

◇ 시골 풍속으로 대보름날 밭두둑에다 불을 지르는데, '쥐 주둥이에 불사른다[燒鼠喙]'고 한다. 혹은 정월 첫 번째 자일(子日)에 하기도 한다. (원주)

줄당기기

15.

말총과 쇠꼬리털을 둘러서 꼬아 놓고

기와 조각 매달고서 엇당겨 힘 겨루네.

내가 센지 네가 약한지 따져서 무엇하랴

먼저 끊는 쪽이 이긴 것일세.

馬鬣牛犛匝錯聯. 縛來瓦岸鬪交紘.
吾强爾弱何須較, 先斷方稱勝一偏.

◇ 시골 아이들이 말총이나 쇠꼬리털에다 기와 조각을 매고서 서로 힘을 겨루는데, '줄당기기[交紘]'라고 한다. (먼저) 끊는 쪽이 이긴다. (원주)

달맞이

16.

촌 늙은이가 저녁에 술을 잔뜩 마시고
취한 몸 부축받으며 산에 올라 둥근 달 보네.
두터운지 엷은지, 높은지 낮은지 살펴
올해 산골농사가 들농사보다 나을지 보네.

村翁斗酒夕陽天. 扶醉登高看月圓.
厚薄高低前驗在, 硤農爭似野農便.

◇ 늙은 농사꾼들은 보름달을 보고서 그해 농사가 풍년 들지 흉년 들지를 점친다. 달이 두터워 보이면 풍년이 들고, 엷어 보이면 흉년이 든다. 또 높이 뜨면 산골농사가 잘 되고, 낮게 뜨면 들농사가 잘 된다고 한다. (이 점이) 이따금 맞는 때도 있다. (원주)

과일나무 시집보내기

17.

전날 밤에 알맞은 돌멩이들을 모아 두었다가
닭이 울면 과일나무 갈래에 돌 끼워 시집보내네.
해마다 늙은 살구나무는 새서방을 맞지만
사주팔자에 없는 아이를 내 어찌하랴.

瓦礫前宵拾得多. 雞鳴嫁樹占交柯.
年年老杏迎新壻, 四柱無兒奈爾何.

◇ 닭 울 무렵에 과일나무 밑동 갈라진 가지 사이에다 돌멩이를 끼워 놓는 지방 풍속이 있는데, '과일나무 시집보낸다[嫁樹]'고 한다. 이렇게 하면 열매가 많이 열린다고 한다. (원주)

첫달보기

18.

정월 대보름이라 달빛도 유난히 밝은데
예부터 저 달을 먼저 보면 아들 낳는다고 했네.
앞마을 늙은 처녀는 무슨 사연이 있기에
남몰래 돌아서서 말없이 눈물만 짓나.

元宵月色劇淸圓. 先見生男古老傳.
底事南隣老處子, 背人無語淚泫然.

◇ 민간에 전하기를, "대보름날 저녁에 떠오르는 달을 남보다 먼저 보는 사람이 아들을 낳는다"고 한다. (그래서) 젊은 아낙네들이 무리를 지어 다퉈가며 달을 본다. (원주)

용알건지기

20.

여염집 각시들이 녹색 깁 저고리 입고
사립 밖에 모여 서서 나지막이 속삭이네.
우리 함께 물동이 이고 시냇가로 달려가서
용알을 가득 떠가지고 돌아오자네.

閭閻閣氏綠紬衣. 細語噥噥集竹扉.
約伴携甀溪上去, 手撈龍卵滿擎歸.

◇ 대보름날 저녁에 여인들이 무리를 지어 물동이를 이고 시냇가에 가서 물 위에 비친 달을 떠가지고 돌아오는데, '용알건지기[撈龍卵]'라고 한다. (원주)

풍년빌기

21.

시래기에 밥을 싸니 김으로 싸는 것이나 같아
온 집안의 어른과 아이들이 둘러앉아 쌈을 먹네.
쌈 한 입에 열 섬이니 세 쌈이면 서른 섬이라
올가을엔 돌밭에도 풍년이 들겠구나.

熊蔬裹飯海衣如. 渾室冠童匝坐茹.
三嚥齊嘷三十斛, 來秋甌窶滿田車.

◇ 촌집에서 묵은 배춧잎(시래기)이나 김, 또는 김장 배춧잎에다 밥을 싸서 한 입 먹고는 '열 섬'이라 불렀으며, 두 입 먹고는 '스무 섬'이라 불렀고, 세 입 먹고는 '서른 섬'이라 불렀다. 이를 '풍년빌기[祈年]'라 한다. (원주)

돌싸움

22.

깃 빠진 화살 먹여 허공으로 쏘아올리면
돌팔매질이 시작되어 밤새도록 승부를 겨루네.
이 가운데도 적을 치는 손자병법이[1] 있으니
정예 장정들은 장원서[2] 동쪽에 숨겨 둔다네.

沒羽箭來打箇空. 終宵飛石鬪孱雄.
此中亦寓孫吳意, 精銳先埋掌苑東.

◇ 마을 장정들이 모여서 편을 나눠 가지고 돌팔매 싸움을 하는데 '편싸움[便戰]', 또는 '돌싸움[石戰]'이라고 한다. 의금부나 포도청의 순라꾼들이 이 싸움을 못하게 막았다. (원주)

1 원문의 '손오(孫吳)'는 병법을 지은 손자(孫子)와 오자(吳子)를 가리킨다.

2 장원서는 궁중 정원의 꽃과 과일나무를 맡아 다스렸던 관청인데, 서울 북부 진장방(鎭長坊)에 있던 성삼문의 옛집에 청사를 두었다.

의당별고 擬唐別藁

◇ 병진년(1796)에 나는 왕명을 받고 이백(李白)·두보(杜甫)의 5언10운 고시(古詩)를 본떠서 각각 1수씩 지어 바쳤는데, 분에 넘치게도 임금의 칭찬을 받았다. 이듬해 겨울에 북쪽 변방으로 귀양갔는데, 시를 읊을 때마다 자주 당나라 시인들의 체(體)를 따랐다. 그런 시들이 4~50수나 되었지만, 신유년(1801) 옥에 갇힐 때에 잃어버렸다. 이 해에 다시 진해로 귀양가면서 남은 시들을 거둬 모았는데, 무진년(1808)에 이르러 이런 시 짓기를 그만두었다.

(이 시고의 이름을) '의당(擬唐)'이라고 한 까닭은 글의 형식이 옛것을 본받았음을 뜻한 것이다. 10운으로 한정한 것은 왕명에 따라 지었던 시의 형식을 보존하기 위해서이다. 이렇게 하여 세상 떠난 임금을 그리워하고 슬퍼하는 뜻을 붙인 것이다.

우연히 옛 상자들을 뒤적이다가 이 시편들을 얻었기에, 학연(鶴淵)을 시켜 깨끗한 종이에 베껴서 한 권을 만들게 하였다.

무인년(1818) 4월 상순에 담수(潭叟)는 쓰다 –「제의당별고권후(題擬唐別藁卷後)」

새벽에 모두안을 떠나며 정흥신과 헤어지다

曉發蚌頭岸留別鄭端公興臣

북방의 호걸 가운데
명천 길주 사내들이 가장 으뜸이지.
활쏘기와 말타기에 몸을 맡겨서
글공부는 관심 밖으로 한눈을 파네.
술 석 잔에 간을 내주고
말 한마디에 마음을 주네.[1]
붉은빛 소매 좁은 덧저고리에
검푸른 비단띠를 접어서 띠고,
아침에는 청나라 시장으로 장보러 갔다가
저녁에는 종성으로 기생을 찾아가네.
술 마시고 거나할 즈음에 마음 맞지 않으면
하찮은 일에도 칼을 휘둘러,
몇 걸음 앞에서 사람 죽이니
생선회처럼 피비린내가 나네.
그대들은 천성이 굳세니
즐거운 마음으로 오랑캐를 물리치겠지.
배고프면 선춘령의 눈으로 밥을 짓고
목마르면 두만강 여울물을 마시며,
사내대장부가 싸움터에서 목숨 바치면
아름다운 이름이 끝내 스러지지 않으리.

朔方游俠子, 明吉居其最.
託身弓馬中, 賣眼文字外.
三盃忽輸肝, 一言輒傾蓋.
猩紅狹袖襖, 鴉黑摺錦帶.
朝往淸差市, 暮赴鍾妓會.
中酒不稱意, 揚劒決浮壒.
殺人跬步內, 腥血若鮮膾.
爾性强哉矯, 甘心除國害.
飢爨先春雪, 渴飮豆滿瀨.
男兒死戰場, 芬芳應未沫.

◇ 영흥(永興) 우세남(虞世南)의 '한위다기절(韓魏多奇節)'을 본떠 지었다. (원주) 이 시의 첫 구절을 본뜬 것이다.

1 원문의 경개(傾蓋)는 길에서 우연히 만나 수레 덮개를 마주대고 서로 이야기하는 것처럼, 한 번 보고도 서로 친해지는 경우를 가리킨다.

서울에서 여릉에 사는 이웃 사람을 만나 지어 주다
京邸遇廬陵隣曲有贈

떠돌이 서울 살림에 싫증났건만
세월이 어느새 삼 년이나 지났네.
부질없이 세월을 잘못 만나서
얼굴이며 머리털이 차츰 달라지네.
길에서 고향 사람을 만나니
부끄러운 뉘우침이 저절로 생기네.
옷소매 잡고서 집안 안부를 물어 보고
술잔을 건네면서 힘든 서울살이 털어놓았네.
친척들은 여전히 잘들 지내고
마을 사람들도 별고 없는지,
우물가에는 푸른 이끼가 가득할 테고
연못에는 풀들이 우거졌겠지.
뒷동산 감나무는 절로 익어 떨어질 테고
섬돌의 국화꽃은 누가 뜯어 들이나.
울타리가 시원찮았는데 지금은 어찌 되었나
오동나무가 외롭게 주인을 기다리겠지.
나그네 심정은 서글픔이 많아
비좁은 서울살이에 마음 편안할 날이 없네.
어이하면 바람 타고 날아올라가
내 마음속을 시원하게 펼쳐 볼거나.

薄游厭京洛, 栖栖儵三載.
空爲時節誤, 漸覺容髮改.
路逢鄕里人, 瞿然生愧悔.
擥袂勤問訊, 傳盃瀉磈礧.
親戚尙如故, 巷曲果幾在.
雁井苔當闐, 儵塘草應迨.
園柹秋自落, 階菊晩誰採.
籬弱今何向, 桐孤舊相待.
羇情多鬱陶, 湫市少塽塏.
安得凌風翼, 一使心胸闓.

◇ 동고(東皐) 왕적(王績)의 '여박다년세(旅泊多年歲)'를 본떠 지었다. (원주)
'여박다년세(旅泊多年歲)'는 왕적의 시 「서울에 있으면서 고향의 전원을 생각하다가 고향 사람을 보고 묻다[在京思故園見鄕人問]」의 첫 구절이다.

장사꾼 남편을 기다리는 아내

僦屋西隣有商婦幽潔自守者

우물가에 흰 이슬이 맺히고
오동잎이 바람에 떨어지네.
구슬픈 기러기 소리가 들려오니
홍루의 첩이 놀라서 일어나네.
아침에는 명주 끊어서 저고릴 짓고
저녁에는 무명 말라서 홑옷을 짓네.
홑저고리에는 원앙새를 수놓았고
겹저고리에는 꽃 찾는 나비를 그려 넣었네.
마음을 담아서 바느질하고
품이 좁지나 않을는지 가늠도 하네.
부주 땅 사천 리 머나먼 곳에
낭군은 장사일로 떠나가셨네.
한번 간 뒤 여지껏 소식 끊기고
풍파가 사나운지 꿈에도 못 찾아오네.
혼자 앉아서 눈썹을 다듬지만
얼굴에 분은 발라서 무엇하려나.
찬 서리 들이쳐 발이 무거워지고
달빛이 가득 차 빈 방이 겁이 나서,
밤 깊도록 시름 속에 잠 못 이루고
홀로 앉아 붉은 볼에 눈물만 흘리네.

白露結金井, 風落梧桐葉.
哀雁數聲來, 驚起紅樓妾.
朝成土紬襦, 暮成木棉褋.
單衫繡鴛鴦, 夾衫畫蛺蝶.
心心念裁縫, 脈脈忖寬狹.
浮州四千里, 郎作商人業.
一往斷音信, 風波夢難涉.
只自斂青眉, 何曾開素靨.
霜冷幽簾重, 月滿空房愜.
夜久耿不眠, 獨坐啼紅頰.

◇ 원제목이 길다. 「셋집 서쪽 이웃에 장사꾼 아내가 살았는데, 조용히 정조를 지키면서 남편을 기다렸다.」

◇ 낭중(郎中) 교지지(喬知之)의 '남정결백로(南庭結白露)'를 본떠 지었다. (원주)

봄날 금강에서 묵으며 정인 약란을 대신해서 짓다
春宿錦江代題情人藥欄

낭군님 머무신 곳은 금강 기슭이고요
내가 사는 곳은 금강 낚시터지요.
금강의 봄물이 푸르러지면
원앙새가 짝 지어 날아들어요.
강가에는 봄꽃이 곱게 피었고
강언덕에는 봄풀이 우거졌는데,
아름다운 저 꽃은 내 얼굴 같고
푸르른 저 풀잎은 낭군님 옷 같아요.
낭군님은 푸른 봄 기운을 좋아하지만
나는 봄볕이 아쉬워요.
선들바람이 하룻저녁에 불어오면
빛나던 꽃들이 곧 사라지겠죠.
양평이 한창시절에
아름다운 그 얼굴이 당시에 드물어,
금당에는 서시[1]를 두고
궁궐에 남위[2]를 두었지만,
뽕나무밭이 변해서 바다가 되자
아름답던 그 모습은 어디로 갔나.
이제는 양평의 무덤만 보이고
소나무 잣나무가 사방을 에워쌌네요.

郎住錦江岸, 儂住錦江磯.
錦江春水綠, 雙雙鴛鴦飛.
江口春花豔, 江頭春草肥.
花豔似儂貌, 草肥似郎衣.
郎悅青春氣, 儂惜青春輝.
凉颸一夕吹, 榮耀暫時違.
陽平全盛日, 美色當世稀.
金堂置西施, 璧殿貯南威.
桑田變滄海, 零落今安歸.
但見陽平墓, 松柏碧四圍.

◇ 수재 유희이(劉希夷)의 '춘녀안여옥(春女顏如玉)'을 본떠 지었다. (원주)

1 춘추시대 월나라 미녀인데, 월나라 왕 구천이 오나라에게 패한 뒤에 그를 오나라 왕 부차에게 바치며 미인계를 썼다. 부차가 서시의 미색에 빠져 정치가 어지러워지자, 월나라가 오나라를 쳐서 복수하였다.

2 진(晉)나라 문공이 남위를 얻고는 사흘 동안 정사를 보지 않더니, 그 뒤에 그를 멀리 밀쳐내면서 "후세에 반드시 여색 때문에 나라를 망케 할 자가 있을 것이다"라고 하였다. –「위책(魏策)」, 『전국책』

남충현에서 묵으며
寄宿南充縣

머리 하얀 남충현 늙은이는
들판에 태어나 들판이 좋다면서,
나루터 밭때기를 손수 일구며
성 안 시장바닥은 거들떠보지도 않네.
나무 꼭대기에는 닭의 홰를 매고
깊은 숲속에는 개를 놓아 기르는데,
흩어진 머리털이 두 어깨를 뒤덮고
서늘한 바람이 이마를 식히네.
왼편에서는 마누라가 밥상 올리고
오른편에선 어린 자식이 술잔 올리네.
구월이 되어 된서리 내렸는데도
울 밑에는 국화가 소담하게 피었네.
마음 맞는 벗 두세 사람이
한가롭게 노닐며 평생 살았네.
팔괘를 긋고 문자를 만들 적에는
모두 복희씨 손을 빌었지만,
태고적 복희씨도 생각지 않는데
주나라 하나라야 말해서 무엇하랴.
마음 내키는 대로 살면서
술 취해 노래 부르며 고향집을 지키네.

皤皤南充翁, 野性本在野.
自耕渡口田, 不向城裏社.
養鷄高樹顚, 放犬深林下.
散髮被兩肩, 露頂凉風灑.
左顧孺人飯, 右迎稚子斝.
嚴霜九月時, 籬菊正盈把.
同袍二三人, 卒歲優游者.
畫卦制文字, 都是羲皇假.
羲皇尙不慕, 焉論周與夏.
且當放情志, 酣歌守里舍.

◇ 우승(右丞) 왕유(王維)의 '전사유노옹(田舍有老翁)'을 본떠 지었다. (원주)

장니천 농가에 묵으며
宿障泥川田家

시골 사람은 세상일에 관심이 없어
힘을 다해서 묵은 밭을 가네.
새벽에 일어나 소를 몰고 가면
도랑물이 졸졸 맑게 흘러내리네.
한길가[1] 뽕나무에는 보드런 잎이 나고
시냇가 버드나무엔 푸른 그늘 짙어지네.
수수 심고 피 키우느라 내 손길이 가니
기름진 이삭에 나락이 실하네.
비와 이슬 혜택을 깊이 알겠으니
어디에고 한 기운이 골고루 미쳤네.
서산에 해 떨어져 날이 저무니
황폐한 마을에서 외로운 연기가 일어나네.
백마 탄 저 사람은 누구 집 아들인가
두 어깨 거들먹거리며 잘난 척 지나가네.
서로 마주쳐도 인사도 없이
띠를 맨 그대로 뻣뻣이 지나가네.
푸른 술병에는 달빛 어리고
붉은 실이 그윽한 거문고에 늘어져,
석 잔 술 따르며 큰 복을 비니[2]
임금님 부디부디 만수무강하소서.

野人寡世務, 竭力耕菑田.
晨興驅牛去, 溝水淸且漣.
柔桑冒廣街, 踈柳蔭長川.
黍稷翼我藝, 良苗潤秀堅.
深知雨露惠, 一氣荷周全.
西日轉皐陸, 墟落澹孤烟.
白馬誰家子, 儇儇從兩肩.
相逢無禮數, 束帶但依然.
翠瓶延初月, 朱絲引幽弦.
三爵介景祐, 君子壽萬年.

◇ 태축(太祝) 저광희(儲光羲)의 '야로본빈천(野老本貧賤)'을 본떠 지었다. (원주)

1 원문에는 광술(廣術)로 되어 있지만, 광가(廣街)라고 해야 장천(長川)과 대(對)가 된다.

2 아아 높은 관리들이여
언제나 편안히 놀지 마시게.
다스리면서 그대들의 자리를 삼가
바르고 곧음을 좋아하시게.
신중하게 법도를 따르며
커다란 복을 비시게.
嗟爾君子, 無恒安息.
靖共爾位, 好是正直.
神之聽之. 介爾景福. –「소명(小明)」, 『시경』

가을날 청송 염전에 묵으면서
주인집 고기잡이 아낙네의 푸념을 듣고 쓰다

秋宿青松鹼述主家漁婦怨

산골 나무꾼에게 시집갈망정
바닷가 고기잡이에게는 시집가지 마오.
고기잡이는 잘살아도 고생이 끝이 없고
나무꾼은 가난해도 사는 즐거움이 있다오.
올봄에 칠산바다로 낭군님 떠나면서
준치 팔고 온다고 약속했었다오.
떠나실 때 석류꽃이 활짝 피었었는데
떠나신 뒤에 석류 열매가 몇 개 안 달렸소.
공연히 소식은 끊어지고
편지 한 줄도 부쳐 오지 않아,
낭군님 생각에 애간장 다 타는데
어찌 차마 머리를 빗겠소.
법성포 뱃사람을 다행히 만나
법성포에 산다는 소식 처음 들었다오.
사내를 홀려낸 법성포 계집들이
말끝마다 아양 떨고 추켜 주면서,
대낮에도 사람의 넋 유혹할 테니
낭군님 마음도 알 수 없겠지.
돈이 다 떨어지면 정도 떨어질 테니
낭군님 망령된 마음만 고쳐지길 바란다오.

寧嫁西巖樵, 莫嫁南瀼獻.
獻富苦無涯, 樵貧樂有餘.
今春七山洋, 郎去販鰣魚.
別時榴花盛, 別後榴房踈.
公然斷消息, 不寄一行書.
但覺肝腸痛, 那忍鬢髮梳.
却逢法聖船, 始知法聖居.
法聖養漢兒, 口口湧倿譽.
白晝迷人魄, 郎心窈窕如.
錢盡情應盡, 庶改望狂且.

◇ 처사 장조(張潮)의 ‘서빈여주옥(壻貧如珠玉)’을 본떠 지었다. (원주)

가을날 곽재우 장군이 싸우던 옛 성 위에 올라가
秋日登鼎津郭忠翼古城抒感

장군이 남쪽에서 의병을 일으키자
영특한 기상이 산악을 떨쳤네.
팔도 백성들이 홍의 장군[1] 소문을 듣고
삼남 곳곳에서 창칼을 떨쳤네.
지금도 솔나루 맑은 강물 위에
외로운 성이 하늘 높이 서,
쓸쓸한 가을날 여기 찾아와 보니
그 옛날 꽃다운 자취가 멀고도 아득해라.
우물은 버려져 등나무 덩굴 엉기고
해자는 무너져 나무꾼들이 가득하네.
어지러운 바위틈으로 가을 다람쥐 드나들고
높은 나무에선 저녁 까마귀가 우는데,
소 먹이는 아이들은 묻혀진 화살촉을 파헤치고
수자리 군사는 낡은 나팔을 장난삼아 부네.
시절이 태평해져 옛 자취가 사라졌지만
시운이 불리해지면 선각자를 생각하리라.
이 나라 사람들이 장군을 추앙하지만
뛰어난 그 공업을 누가 다 알랴.
지금은 쓸쓸하게 성터만 남아 있어
세월이 부질없이 빨리 지나네.

將軍起南服, 英氣撼嶠岳.
八域聞紅衣, 三路震黑矟.
至今淸江上, 孤城天一握.
我來適蕭辰, 芳躅曠緜邈.
井廢緣幽藤, 壕平盛旅樵.
亂石寒鼯竄, 喬木晩鴉樂.
牧童尋埋鏃, 戍人弄殘角.
時安泯往迹, 運乖懷先覺.
喁喁左海人, 誰識功業卓.
蕭條遺基在, 日月空淹數.

◇ 빈객 유우석(劉禹錫)의 '장군장진사(將軍將秦師)'를 본떠 지었다. (원주)

1 곽재우(郭再祐, 1552~1617)의 자는 계수(季綏)이고, 호는 망우(忘憂)이며, 충익은 그의 시호이다. 임진왜란이 일어나고 임금이 의주로 피난 가자 의령에서 의병을 일으켰다. 홍의(紅衣)를 입고 선두에서 싸워 큰 공을 세웠으므로 홍의 장군이라고 불렸다. 광해군 때에 함경감사를 지냈다.

만선와잉고 萬蟬窩賸藁

◇ 신미년(1811) 봄에 여릉 별장에서 굶주림을 면하고 먹을 것을 구하기 위해 서울 삼청동으로 이사하였다. 삼청동 집은 마치 달팽이 껍질 같았는데, 주변 숲속에 빈 땅이 있었다. 그러나 너무 메말라 곡식을 심을 수가 없었으므로, 집안 살림이 몹시 구차해 한 달에 겨우 아홉 끼를 먹었다. 그러다가 병세가 차도 있을 때마다 눈에 보이는 대로 시로 읊고, 종이에 쓴 것이 매우 많아져 상자 속에 넣어 두었다.

이제 비로소 찾아보니 여러 가지 나무에 대해서 읊은 7언율시와 여러 가지 풀들에 대해서 읊은 7언절구는 전부 잃어버리고, 꽃들에 대해서 읊은 5언율시도 절반나마 없어졌다. 그 나머지만 겨우 남아 있었다. 그래서 버리기가 아까워 조카 학연(翯淵)을 시켜 깨끗한 종이에 옮겨 쓰게 하였다.

신사년(1821) 4월 5일 을유일 입하에 담옹(澹翁)은 위성 영각에서 쓰다

–「제만선와잉고권후(題萬蟬窩賸稿卷後)」

◇ 잉(賸)자는 '잉' 또는 '승'으로 읽는데, 이 시고가 실려 있는 『담정총서』 권6에 「연파잉고(蓮坡剩稿)」가 있는 것을 보아 '잉'으로 읽었다.

붉은 매화

紅梅

우리 집에 붉은 매화나무가 있어
그 품종이 매화 가운데 으뜸이었지.
갖은 풍파 겪으며 오랜 세월 지나더니
병든 몸이 마치 마른 생선 같아졌네.
눈보라 이겨내고
몇 가지만 봄을 맞아,
붉은 봉오리는 고운 빛깔 새롭고
파란 꼭지에는 맑은 정기가 어렸네.
봄바람 산들 불자 꽃향기 풍겨나고
햇볕이 쨍쨍 꽃망울을 비치더니,
살구보다도 작은 열매가 열려
동글동글 그 모습 아름다워라.
밀랍같이 노랗게 함빡 익어
향긋하고 달콤한 맛 꿀 같아서 침이 도네.
정침과 유령의 매화처럼 빼어나고
홍원과 단봉성의[1] 매화처럼 아름다워라.
궁궐에서 기른 모란꽃보다
외진 마을의 매화가 어찌 나으랴만,
늙은 나이에 별다른 재미가 없어
너를 벗삼아 오래오래 친하리라.

衆果五古十韻 三十首

我家紅梅樹, 名品逈絶倫.
婆娑歲月久, 病體如枯鱗.
扶持風雪中, 數枝獨保春.
頳藹艶妙彩, 縹蔕凝清神.
惠颸盪芳囿, 亭亭照玉人.
結子小於杏, 團圓滿眼勻.
醲熟似蠟黃, 香甛潤蜜津.
靖寢庾嶺秀, 洪園鳳城珍.
較此紫府丹, 纔堪充下陳.
頹齡滋味薄, 賴爾長相親.

◇ 이 시부터 130쪽의 「배」까지는 「중과5고10운30수(衆果五古十韻三十首)」라는 제목 안에 실려 있는 시들이다. 시 끝에 덧붙은 작은 제목을 편의상 제목으로 뽑았다.

◇ 홍매는 꽃이 분홍빛인데, 5월에 열매를 따서 불에 그슬리면 까맣게 된다. 백매(白梅)는 (열매가) 노랗게 익는데, 향기롭고도 달다. (원주)

1 유령이나 단봉성은 매화가 많기로 이름난 고장들이다.

살구
檀杏

이공과 강호를 찾아 배 타고 노닐 적에는
고향집 살구나무를 이따금 생각했지.
아름다운 살구나무가 그윽하고도 말끔해서
고결한 절개를 저 혼자 간직했지.
떠돌던 이 몸이 북산 아래 집을 얻어
티끌세상을 멀리 벗어났네.
뜰에는 약초를 심어 병든 몸 치료하고
무궁화를 보면서 고요하게 지내네.
앞뜰에는 여러 가지 과일나무가 무성하고
뒷산 우거진 숲은 경치도 아름다워라.
그 가운데도 햇볕 드는 쪽의 살구나무 가지가
병풍처럼 둘려져 그늘지는 게 좋아라.
한여름 되면 열매를 맺어
뜨거운 햇볕에 무르익으니,
붉은 껍질에는 옥 같은 이슬이 아롱지고
노란 속살에는 단물이 시원해라.
조금만 맛보아도 목마름을 적셔 주니
신선들이 먹는 감로보다도 달아라.
가난하게 살면서도 신선의 맛을 보니
부끄런 생각이 마음속에 절로 생기네.

李公尋湖棹, 時思故園杏.
嘉木憺幽淸, 所以槪孤秉.
揭來北巖下, 傚廬遠塵境,
藝藥理我痾, 觀槿習我靜.
庭果名頗衆, 岑蔚媚芳景.
最愛日邊柯, 倚雲蔭蕭屛.
朱夏結其實, 濃熟粲光影.
赬腮玉液潤, 緗瓤瓊漿冷.
小嚥沃喉渴, 勝吸甘露井.
艱難媿仙味, 不覺發深省.

◇ 살구에는 박달살구·버들살구·배살구 등 여러 가지가 있다. 이죽장(李竹莊)이 여주로 돌아가서 (살구를 사랑한다는 뜻으로) 호를 사행(思杏)이라고 하였다. (원주)

울릉도
鬱桃

강물에 쏘가리떼 살 오를 무렵
복숭아 가지마다 꽃이 가득 피네.
동문[1] 밖으로 십 리 길 가도록
한낮에 붉은 꽃비가 넘쳐흐르네.
신흥동 동구 옆 서쪽 기슭에
과수원이 셀 만큼 있었지.
안암동에는 금성위의 집이 있었고
죽탄에는 장가네 마을이 자리 잡았지.
복숭아 진품이 아주 많지만
그 가운데 으뜸은 울릉도이지.
소담스런 열매가 알알이 열려
한 가지에 네댓씩 늘어지네.
햇볕에 쪼이면서 붉은 꼭지가 연해지다가
바람결에 살이 트면 파릇한 속살이 드러나네.
천태산 시냇가에 향기 어리고
도색산 좋은 땅에 뿌리 내리면,
만청[2]이 따가는 것을 막을 수 없으니
무엇하러 앵무새를 지키게 하나.
복숭아를 먹으면 헌 데도 아무니
이 과일 효험이 참으로 신기해라.

八江鱖魚肥, 桃花開滿樹.
青門十里道, 白日漲紅雨.
神興洞口西, 菓林略可數.
安巖錦城第, 竹瀨張家塢.
珍品名頗衆, 鬱陵最爲主.
有蕡垂嘉實, 精英孕木五.
日烘紅輭嘴, 風坼碧鮮肚.
香鎖天台溪, 根蟠度索土.
不必防曼倩, 何煩護鸜鵒.
妙哉急性者, 猶足瘰癥蠱.

◇ 울도(鬱桃)는 울릉도(鬱陵桃)인데, 복숭아 가운데 가장 좋은 것이다. 한나라 상원에 자문(紫文)·금성(金城) 등의 여러 종류가 있었다. (원주)

1 청색은 오행 가운데 목(木)에 해당되는데, 방향으로 치면 동쪽이다. 그래서 동대문(동소문)을 청문이라고 했다.

2 한나라 무제 때에 살았던 동방삭(東方朔)의 자가 만청이다. 벼슬이 금마문시중(金馬門侍中)에 이르렀으며, 해학과 변설(辯舌)로 이름났다. 서왕모의 복숭아를 훔쳐 먹고 장수했다는 전설이 있어, '삼천갑자 동방삭'이라고 불렸다.

오얏

甘李

우리 집에 달콤한 오얏나무가 있어
나무 높이가 여섯 자나 되었지.
청명 춘삼월에 봄비가 내리면
눈같이 흰 꽃이 활짝 피었지.
열매가 맺혀 매실보다 커지면
파란 구슬처럼 반들반들 빛났지.
찬물에 담가 푸른빛이 가시면
방 안에 따다 두어 맛을 즐겼지.
가장 맛있는 가경[1]의 오얏 열매를
곤륜산 옥 같은 물에 깨끗이 씻어,[2]
문원[3]이 여름 목마를 때 먹으면
답답하던 가슴속이 네 덕분에 풀렸지.
오얏이 익으면 그 아래 지름길이 생기니[4]
가지를 꺾는다고 어찌 아쉬워하랴.
오릉 오얏은 벌레가 먹지 않고[5]
준충의 오얏은 씨를 뚫을 수 없네.[6]
비록 옛일을 널리 아는 자가 있더라도
오얏의 시고 단맛을 어찌 알아보랴.
누가 옛 책을 다시 뒤지려거든
담옹 집에 찾아와 구경하게나.

我家甘李樹, 其高纔六尺.
清明三月雨, 花開如雪白.
結實大於梅, 瑩徹綠青碧.
色奪寒水沉, 味賽房陵摘.
絶勝嘉慶子, 崑崙滌玉液.
文園病夏渴, 賴渠沃煩膈.
醲熟下成蹊, 攀折肯自惜.
於陵不食螬, 濬冲不鑽核.
雖有博古者, 甛苦那辨覈.
誰復箋埤雅, 來尋薄翁宅.

◇ 오얏은 살구와 비슷하다. 한나라 무제의 상원에 붉은빛·노란빛·자줏빛·풀빛·파란빛·연청색[綺靑]·군청색[房] 등 일곱 가지 오얏이 있었다. (원주)

1 중국 하남성에 있는 고장인데, 오얏나무가 많았다.

2 곤륜산에 오얏나무가 있는데, 겨울에 푸른 열매가 달린다. 옥정수(玉井水)로 씻어서 먹으면 뼈가 가볍고 부드러워져, 하늘에 뛰어오를 수 있다. -『습유기(拾遺記)』
옥정수는 옥정에서 나는 물인데, 옥이 나는 곳의 샘물은 초목을 부드럽게 한다고 한다. 『습유기』에 나오는 과일은 '내(柰)'인데, 이 시에 맞추기 위해 '오얏'이라고 번역했다.

3 문원은 한나라 문장가 사마상여(司馬相如)의 자인데, 소갈병에 걸려 물을 자주 마셨다.

4 오얏을 따먹으려고 많은 사람들이 모여든다는 뜻이다.

5 준충에 왕안충이라는 사람이 오얏을 팔며 살았는데, 좋은 오얏을 독차지하기 위하여 오얏 씨에다 구멍을 뚫어 팔았다. 자기가 파는 오얏을 다른 사람이 심지 못하게 한 것이다.

배
快果

인왕산 필운대에 봄빛이 저물어 가면
봄놀이 장소로 어디가 좋았던가.
복사꽃 만발한 화악 서산도 좋았고
앵두꽃 아름다웠던 맹원 동쪽도 좋았지만,
배꽃이 하늘하늘 바람에 흩날리던
천만 송이 배꽃동산이 그보다 더 좋았지.
답답한 가슴을 후련히 푸는 데는
동산에 줄줄이 열린 배가 진품일세.
무성한 가지들이 얼기설기 얽혔고
빽빽한 잎들이 온 나무를 뒤덮었지.
숲에 서리가 내려 열매가 익으면
산 속에 사는 사람이 날마다 찾아오네.
광주리에 가득한 배들이 너무나 알차고
소반에 쏟고 보니 옥돌처럼 보이네.
천 호의 귀한 벼슬을[1] 내 어찌 바라랴만
오늘 아침 다행히도 참배를 맛보았네.
흰 살점을 베어 무니 입 안에 단맛이 돌고
얼음같이 시원한 물이 입에 가득 넘쳐나네.
「동군록」[2]을 펼쳐보며 이 세상 과일 가운데
참배가 으뜸임을 다시금 배웠네.

弼雲韶光晚, 春游何處可.
桃源華岳西, 櫻莊孟園左.
梨花飄瑞霙, 樹樹千萬朶.
解煩眞定品, 含消上苑顆.
叢柯迴點綴, 密葉深包裹.
霜林珍實落, 幽人日來坐.
墍筐驚團圓, 瀉槃訝磊砢.
那期千戶貴, 一朝便饗我.
雪肌恬黃妗, 氷液冷白墮.
更檢桐君錄, 佳名信快果.

◇ 쾌과(快果)는 배이다. 배는 종류가 매우 많은데, 황해도 황주와 봉산에서 나는 것이 가장 좋다. (원주)

1 돼지 250마리를 키울 수 있는 늪지대, 해마다 천 섬의 고기를 양식할 수 있는 못, (줄임) 안읍의 대추나무 천 그루, 연나라와 진나라의 밤나무 천 그루, 촉·한·강릉의 귤나무 천 그루, (줄임) 진나라와 하나라의 옻나무밭 천 무(畝), 제나라와 노나라의 뽕나무밭이나 삼밭 천 무, 위천 유역의 대나무숲 천 무, (줄임) 이런 것들을 가진 사람은 일천 호의 식읍을 가진 제후와 같다. –「화식열전」, 『사기』 권129

2 어떤 사람이 절강성 동려현 동산에서 약초를 캐며 도를 닦았는데, 오동나무 아래에 오두막을 짓고 살았다. 사람들이 그의 성을 물으면 오동나무를 가리켜, 그를 동군(桐君)이라고 불렀다. 그가 약초의 성격에 대한 글을 지었는데, 「동군록」도 그러한 글인 듯하다.

파
綠蔥

맑은 시냇가에 집을 빌려서
물가 언덕에다 채소를 심었더니,
땅이 메마른 데다 가뭄까지 들어
온갖 씨들이 모두 병들었네.
파밭은 그중에서도 더욱 말라붙어
땅 밖에 나온 줄기가 한 치밖에 안 되었네.
생각나네. 예전에 무릉 할멈은
겨울 내내 떨어뜨리지 않고 대어 먹으려,
부드런 밑뿌리는 짜게 저리고
신선한 이파리는 썰어 먹었지.
큼직한 파는 동이만해서
터밭에서 광주리가 필요 없었네.
들리는 말에는 긴긴 여름날
줄거리와 이파리가 어찌나 큰지,
푸른 옥 기둥이 빼곡히 들어찬 데다
향그럽고도 매워서 먹음직했다네.
달콤한 이파리는 날로 먹어도 좋으니
살찐 양고기에다 어찌 견줄 텐가.
푸른 파는 채소 가운데서도 으뜸이니
네가 아니었다면 내 누굴 믿으랴.

衆蔬五古十韻 十九首

傚屋淸溪內, 種菜淸溪渚.
土癯天又漧, 衆甲並痒瘨.
蔥畦益萎損, 離地纔寸許.
憶昔茂陵婆, 遠饋經冬禦.
醎菹軟香本, 鮮白覆我俎.
其大如盎甀, 團圓不容筥.
聞道長夏時, 條葉極軒擧.
簇攢靑玉杖, 芳辣柔可茹.
甘葉不屑朐, 寧復數肥羜.
懿哉菜之伯, 微爾吾誰與.

◇ 이 시와 「고추」는 「중소5고10운19수(衆蔬五古十韻十九首)」에 실렸는데, 작은 제목을 뽑았다.

◇ 파는 백규(白芤)인데, 이름을 녹총(綠葱)·동총(凍葱)이라고 한다. 또 한 종류가 있는데, 이름을 호총(胡葱), 또는 자총(紫葱)이라고 한다. (원주)

고추
丹椒

마당가에다 부드런 채소를 심고
초가집 둘레에도 듬성듬성 심었지.
고추는 사시사철 먹을 수 있어
여러 채소 가운데서도 그 고마움이 으뜸일세.
한여름 되면 줄줄이 열매가 달려
한 손에 가득 따다 먹었지.
겨울철 김장 양념에도 반이나 차지해
맵고 짜면서도 향기로워라.
녹각채[1]도 고추만 못해
무나 배추라야 맛먹을 테지.
잘게 빻은 가루는 메주에 버무려
붉은 죽을 쒀다가 고추장 담네.
고기를 짓이겨 생강 계피 뒤섞어서
씨 뽑은 고추 속에다 소를 넣은 뒤,
송편처럼 나란히 늘어놓고
시루에 넣어서 푹 쪄냈지.
푸른 것과 붉은 것을 따로 담으면
꽃무늬를 놓은 듯 빛도 고왔지.
강황은 「채보」에서 빠뜨렸지만
지금은 고추가 가장 귀해라.

庭畔植柔蔬, 扶踈遶茆屋.
蠻椒供四時, 功利冠羣蔌.
當夏齊結實, 采之盈我匊.
冬葅爾居半, 辛醎芳氣馥.
鹿角斯下風, 隱然敵菘菔.
細屑拌塩鼓, 璀璨丹砂粥.
肉泥蘸薑桂, 剔子塡其腹.
安排似松餠, 磁甗爛蒸熟.
青紅各異盤, 美彩絢爚煜.
姜皇漏菜譜, 於今最淸族.

◇ 단초[丹椒]를 만초(蠻椒)나 초초(草椒)라고도 하는데, 흔히 고초(苦椒)라고 부른다. 우리나라에서 많이 심는데, 일본에서 들어온 채소인 듯하다. (원주)

1 붉은색 바다나물의 한 가지인데, 김장할 때에 고명으로 함께 버무려 배추 속에 넣는다.

검은 털신

毾布黑靴

아청색 털로 만든 신발
만든 솜씨가 참으로 아름다워라.
한 켤레 가지고 구 년 신으니
사람들이 동곽의 신발이라 하네.[1]

鴉青毾布靴, 製造儘精美.
一着九年餘, 人呼東郭履.

◇ 이 시와 「인찰판」은 「중기5절42수(衆器五絶四十二首)」에 실렸는데, 작은 제목을 뽑았다.

◇ 처음 벼슬길에 오르자 윤관(閏觀)이 상의원에서 만든 검은 털신 한 켤레를 보내 주었다. (원주)

담정과 함께 「우초속지」를 엮었던 김조순(金祖淳, 1765~1832)의 호가 풍고(楓皐), 또는 윤인관(閏人觀)이다. 1802년에 순조의 장인이 되어 영안부원군에 봉군되었으며, 뒷날 안동 김씨 세도정치의 기초를 닦았다.

1 동곽 선생은 오랫동안 공거서에서 조칙을 기다리느라고 가난하게 지냈다. 굶주리고 헐벗으며 고생하였고, 다 해진 옷을 입고 다녔으며, 제대로 된 신을 신지 못했다. 눈 위를 다닐 때에도 신발의 위 뚜껑은 있는데 바닥이 없어서, 맨발로 땅바닥을 밟고 다녔다. –「골계전」, 『사기』 권126

인찰판
印札板

네 귀가 반듯한 조그만 인찰판[1]
지난날 서어에게서 얻은 거였지.
종이를 만 번이라도 찍어서 내니
문방구 가운데 공이 으뜸일세.

端方小印板, 乞得日紅台.
搨出萬番紙, 文房功最巍.

◇ 배나무로 만든 조그만 인찰판은 본래 서어공(西漁公)에게서 얻은 것이다. (원주)
서어(西漁)는 권상신(權常愼, 1759~1825)의 호인데, 일홍당(日紅堂)이라고도 했다. 문과에 장원급제 했으며, 뒷날 우의정에 추증되었다. 그의 시문집 『서어문초(西漁文草)』와 『일홍당만고(日紅堂漫稿)』가 『담정총서』에 실려 있다.

1 글이나 편지를 쓰기 위하여 일정한 크기의 줄을 쳐서 인쇄한 종이가 인찰지인데, 인찰지를 찍어내는 판이 인찰판이다.

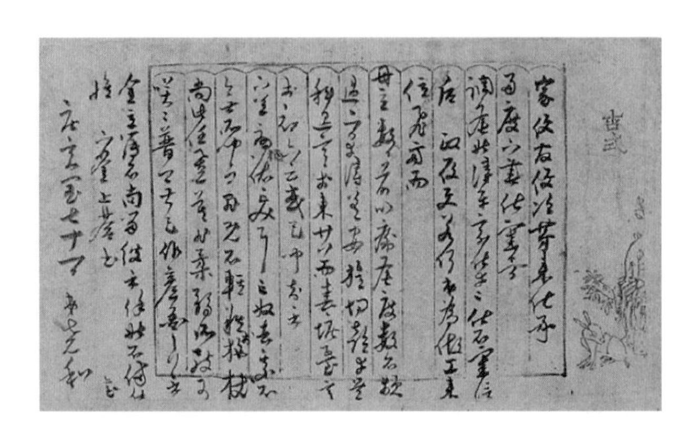

충청도 회덕현에 살던 소대헌 송요화가 사용하던 인찰판과
이 인찰판으로 찍은 인찰지에 송요화가 쓴 편지

사유악부 思牖樂府

◇ (생각하는 창문이라는 뜻의) '사유(思牖)'는 내가 머무는 집의 오른쪽 창문에 붙인 편액(扁額)이다. 내가 북쪽에 (유배되어) 있을 때에는 하루도 남쪽을 생각하지 않은 적이 없었는데, 마침내 남쪽으로 (유배를) 옮겨오자 이제는 하루도 북쪽을 생각지 않는 날이 없게 되었다. 생각이란 이처럼 수시로 바뀌는 것이지만, 그 괴로움은 갈수록 더 심해진다. 창문에다 '사(思)'라는 이름을 붙인 것도 이 때문이다. 종이를 접어 (당나라 시인) 가도(賈島)의 아래 시를 써서 문에 붙였다.

병주의 객사에서 지낸 지 십 년
돌아가고픈 마음에 밤낮 장안을 생각하였네.
하지만 상건수를 건넌 뒤에는
도리어 병주가 고향처럼 그리워지네.

내가 북쪽을 생각하는 뜻도 이 시와 같다.

무릇 생각이란 즐거워서 할 때도 있으며, 슬퍼서 할 때도 있다. 나의 생각은 어떤가? 서서도 생각하고, 앉아서도 생각하며, 걷거나 누워 있을 때에도 생각한다. 혹은 잠시 생각하기도 하고, 혹은 한참 생각하기도 한다. 혹은 생각할수록 더더욱 잊지 못하게도 된다. 그렇다면 나의 생각은 어떠한가?

생각 때문에 마음에 느낌이 있으니 소리가 없을 수 없고, 소리를 좇아 운(韻)을 달면 곧 시가 되었다. 비록 격이 낮고 고상하지도 못해 음악으로 연주하기에는 부족하지만, 저 오(吳)나 채(蔡)의 가요처럼 생각한 바를 스스로 노래할 만하다. 이에 시 몇 수를 깨끗이 써서 『사유악부』라고 이름 하였다.

1801년 12월 보름날에 유배객 담원(薄園)이 쓰다.

-「사유악부서(思牖樂府序)」

◇ 『담정유고』 권5에 147수, 권6에 143수가 실려 있다.

청암에 사는 차 노인

問汝何所思

1.

그대 무엇을 생각하나.

저 북쪽 바닷가라네.

청암 사는 차씨 집 노인은

키가 구 척에다 머리와 수염이 새하얬지.

젊은 시절에 떠돌기를 좋아하여

말 타고 쏜살같이 온 세상을[1] 돌아다녔다네.

그 많던 돈 다 써버리고 다시 고향에 돌아와

초가집에 자갈밭 갈며 은자로[2] 살아가네.

이제 쉰 살이 되었는데도 책읽기를 좋아해

등불 켜고 오롯이 앉아 늘 밤을 지새우네.

『주자문집』 일백 권을 손에 들고 다녀서

종이가 닳고 닳아 보풀보풀해졌네.

問汝何所思. 所思北海湄.
鯖巖丈人車家老. 身長九尺鬚髮皓.
自言中歲好浪遊. 鞍馬駇駇遍九州.
千金散盡復歸來, 石田茆屋眞菟裘.
卽今五十嗜書史. 篝燈兀然恒繼晷.
手中朱文一百卷, 縷析毫分毛生紙.

◇ 청암은 지명이다. 차 노인의 이름은 남규(南圭)이고, 자는 여용(汝容)이다. 유정(柳汀) 이만장(李萬章)의 문인이다. 그 선조인 차득도(車得道)는 임진왜란 때의 의사(義士)였다. (원주)

◇ 『사유악부』에 실린 시들의 원제목은 모두 「문여하소사(問汝何所思)」이다. 첫 번째 시에만 원제목을 싣고, 번역시에는 각기 작은 제목을 지어 붙였다.

1 『서경』 「우공(禹貢)」에 우임금이 홍수를 다스리고 중국 땅을 아홉 지방으로 나누어 9주를 정한 사적이 실려 있는데 9주는 기주(冀州), 연주(兗州), 청주(靑州), 서주(西州), 양주(揚州), 형주(荊州), 예주(豫州), 양주(梁州), 옹주(雍州) 등이다. 여기서는 사람이 사는 세상을 가리킨다.

2 전국시대에 은공(隱公)이 은거하였던 노나라의 땅이다. 산동성 양보현(梁父縣)에 있다. 그 뒤로는 '도구'가 늙어서 벼슬을 버리고 물러가 사는 곳을 말하였으며, 이 시에서는 자기가 사는 곳을 가리켰다.

부령 땅 연희

2.

그대 무엇을 생각하나.

저 북쪽 바닷가라네.

북방의 아름다운 선녀

부령성 연희와 이야기를 나눴지.

빙설 같은 혼에다 옥 같은 자태

붉은 입술, 하얀 이, 새까만 눈썹,

칠흑 같은 머리털은 구름처럼 너울대고

파뿌리같이 흰 손가락에다 살결은 윤이 났지.

뜻이 높은 데다 분위기도 정숙해

산같이 강같이 부드럽고 따뜻했지.

올려다보고 내려다봐도 몸가짐 아리따워

밝고 맑고 깨끗한 데다 공손하고도 단정했지.

問汝何所思. 所思北海湄.
北方佳娥神仙侶. 余與寧城蓮姬語.
氷雪爲魂玉爲姿. 朱脣皓齒青蛾眉.
綠髩顚鬌亂如雲, 指削葱根膚凝脂.
態濃意遠氣靜淑. 如山如河雍和穆.
似仰若俯體安康, 明亮皎潔敬且肅.

◇ 연희의 성은 지(池)씨이고, 이름은 연화(蓮華)이다. 자는 춘심(春心)이고, 호는 하헌(遐軒), 또는 천영루주인(天䕒樓主人)이다. 내가 『연희언행록』을 지은 적이 있다. (원주)

연희네 집

4.

그대 무엇을 생각하나.

저 북쪽 바닷가라네.

성 동쪽 길이 눈에 삼삼해

두 번째 다리 곁에 연희가 살았지.

집 앞엔 한 가닥 맑은 시내가 흐르고

집 뒤엔 험한 바위가 산 주위를 덮었지.

골짜기에 버드나무 수십 그루가 있고

문 앞에도 한 그루가 있어 누각에 비쳤지.

누각 위엔 창에다 베틀을 놓고

누각 아래엔 한 자 높이 돌절구가 있었지.

누각 남쪽 작은 우물엔 앵두나무를 심었고

누각 밖은 북쪽으로 회령 가는 길이었지.

問汝何所思. 所思北海湄.
眼中分明城東路. 第二橋邊蓮姬住.
屋前一道淸溪流. 屋後亂石顚山周.
谿上楊柳數十株, 一株當門映粉樓.
樓上對牕安機杼. 樓下石臼高尺許.
樓南小井種櫻桃, 樓外直北會寧去.

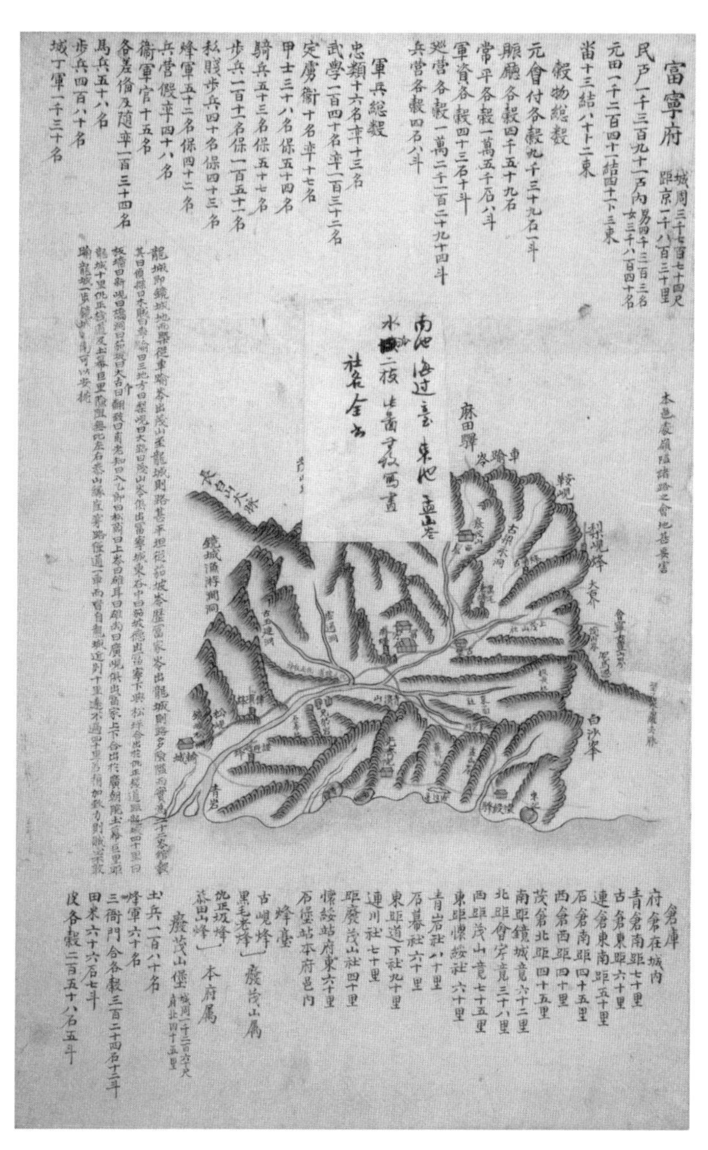

김려가 유배되었던 부령부 지도. 「사유악부」 시에 나오는 청암, 형제암, 옥련, 폐무산, 차유령, 연천(사) 등의 지명들이 보인다. 규장각 『해동지도』

영락정의 달밤

6.

그대 무엇을 생각하나.

저 북쪽 바닷가라네.

영락정 위에서 오늘 같은 달밤이면

몇 사람이나 달 보며 쉬고 있으려나.

지금도 생각나네 지난해 오월 밤

정자 위에 초승달 흐릿하게 비치는데,

조용히 나 혼자 정자 위에 올라가

노래하고 시 읊으며 푸른 연못을 마주했지.

해마다 달빛은 그대로건만

쑥대처럼 떠도는 내 신세 서러워라.

남으로 북으로 귀양살이 끝없으니

내년에 어디로 갈지 어찌 알겠나.

問汝何所思. 所思北海湄.
永樂亭頭今宵月. 幾人賞月亭上歇.
却憶前年五月時. 亭頭新月光些兒.
潛行獨步亭上去, 短歌長吟臨碧池.
由來月色年年同. 秖恨人生似飄蓬.
南竄北謫苦未休, 安知明年不西東.

◇ 정자는 성 남쪽으로 수백 보 떨어진 곳에 있는데, 전 도호부사(종3품) 한응검(韓應儉)이 세웠다. 정자 아래에는 흰 바위와 맑은 개울이 있는데, 숲이 우거지고 나무가 아름답다. (원주)

앵두나무

8.

그대 무엇을 생각하나.

저 북쪽 바닷가라네.

우물가 앵두나무에 알알이 천만 개나 달려

길고 짧은 가지들이 축 늘어졌었지.

연희가 손으로 따서 대상자에 담으면

수정처럼 둥글고 빛도 영롱했었지.

한 알을 집어 깨물며 말했지

“제 입술이 붉은가요, 앵두가 붉은가요?”

담원의 늙은이가[1] 변방에서 귀양 살며

삼 년 동안 열매를 주워 주린 배를 채웠지.

오늘 꽃이 핀 걸 보고 있으니

꽃이 피었으면 열매도 또한 무르익을 테지.

問汝何所思. 所思北海湄.
井上朱櫻千萬顆. 壓重長朵復短朵.
蓮姬手摘盛筠籠. 水晶均圓光玲瓏.
自持一箇箝香口, 問道唇紅與櫻紅.
薄園老夫竄荒谷. 三年拾實充饑腹.
今日但見花開時, 聞花結子應爛熟.

◇ 연희가 사는 누각 남쪽 우물가에 앵두나무가 있었는데, 원산지가 영고탑(寧古塔)이다. 열매 크기가 소눈깔만한데, 달고 맛있었다. 그래서 '소눈깔앵두'라고 불렀다. (원주)

1 담원은 김려의 또 다른 호이다.

구정천에 사는 박한기

10.

그대 무엇을 생각하나.

저 북쪽 바닷가라네.

구정천에 사는 박한기는

집안 대대로 뛰어난 명문의 자제라네.

책상 위에다 일곱 편 『맹자』를 놓고

틈날 때마다 밤낮 외우네.

뜻이 녹도록 읽어야 제대로 읽는 것이니

어찌 반드시 다섯 수레를 읽어야만[1] 하랴.

짝도 없이 혼자서 사는 나를 불쌍히 여겨

오막집에 날마다 찾아와 친하게 지냈지.

어제 비에도 찾아오고 오늘 비에도 찾아와[2]

질척거리는 진창길을 몇 차례고 찾아왔네.

問汝何所思. 所思北海湄.
九停遷下朴漢紀. 家世翹楚淸門子.
案居七篇鄒聖書. 咿嚘吃吃窮三餘.
元來善讀在融會, 何必多方滿五車.
憐我索居獨無伴. 蓬門趂日喜相看.
舊雨亦來新雨來, 肯數秋泥路漫洍.

◇ 구정천은 지명이다. 박한기의 이름은 진남(鎭南)이며, 그의 아버지 홍규(洪圭)는 부(府)의 제할(提轄, 토관)이다. (원주)

1 혜시의 학설은 다방면에 걸쳤고 그의 책은 다섯 수레나 되지만, 그의 도는 복잡하고 그의 이론은 사물의 이치에 들어맞지 않는다.[惠施多方, 其書五車, 其道舛駁, 其言也不中.] -「천하」, 『장자』 제33편
그 뒤 두보가 "남자라면 반드시 다섯 수레의 책을 읽어야 한다[男兒須讀五車書.]"라고 하였다.

2 두보가 "구우래(舊雨來) 금우불래(今雨不來)"라 하였고, 범성대가 "냉난구우금우(冷暖舊雨今雨) 시비일파만파(是非一波萬波)"라 하였다.

장백산의 꽃 연희

12.

그대 무엇을 생각하나.

저 북쪽 바닷가라네.

동방의 이름난 여인이 수십 명인데

문장으론 하곡(荷谷)[1]의 누이를 첫손에 꼽지.

연희가 지은 시는 위강(衛姜)과 비슷해

탁문군[2]이나 왕장[3]보다 훨씬 나았지.

앵무 같은 정신에다 나비 같은 혼을 지니고

빙설 같은 모습에다 비단결 같은 마음씨를 지녀,

장백산 정기가 맑고 맑아서

이천 년간 꽃봉오리 하나를 길러냈네.

연희는 참으로 하늘의 선녀건만

어찌 외진 변방에만 묻혀서 지내나.

問汝何所思. 所思北海湄.
東方名媛數十輩. 詞翰先稱荷谷妹.
蓮姬爲詩似衛姜. 直過文君與王嬙.
鸚鵡精神蛺蝶魂, 氷雪容貌錦繡腸.
長白之山氣淸淑. 二千年間英華毓.
蓮姬蓮姬眞天仙, 胡爲屈沒沈邊墺.

◇ 하곡 허봉의 누이는 이름이 초희(楚姬)이고, 자는 경번(景樊)이며, 호는 난설헌이다. 시를 잘 지어, 문집이 세상에 전한다. 장백산은 관북지방의 조산(祖山)이다. (원주)

1 하곡은 허봉(許篈, 1551~1588)의 호인데, 아버지 초당(草堂) 허엽(許曄), 형 악록(岳麓) 허성(許筬), 누이 난설헌, 아우 교산(蛟山) 허균과 함께 양천 허씨 집안의 오문장가(五文章家)로 널리 알려졌다. 1578년에 함경도 순무어사로 파견되고, 1584년에는 함경도 종성에 유배되어, 함경도 일대에서 지은 시가 많았다.

2 문군은 한나라 부자 탁왕손(卓王孫)의 딸인데, 한때 과부로 살고 있었다. 가난한 문장가 사마상여가 거문고를 타면서 사랑을 전하자, 그 거문고 소리에 반하여 밤중에 사마상여의 집으로 달려갔다. 탁문군이 사마상여의 아내가 되었지만 아버지가 결혼을 반대하였기 때문에, 그들 부부는 술집을 차리고 장사하였다. 결국은 탁왕손이 이들의 결혼을 인정하고, 살림을 차려 주었다. 나중에 사마상여가 무릉의 여인을 첩으로 맞아들이려 하자, 탁문군이 그를 원망하며 「백두음(白頭吟)」을 지었다. 사마상여가 그 시를 보고 자기의 잘못을 뉘우치며, 첩 맞아들이기를 단념하였다.

3 왕소군(王昭君)은 한나라 원제(元帝)의 궁녀인데, 이름은 장(嬙)이고 소군은 그의 자이다. 후궁 가운데 가장 예뻤지만 화공(畵工)에게 뇌물을 주지 않았기에 원제의 눈에 띄지 않았다. 흉노 호한선우(呼韓單于)가 미인을 구하였으므로, 황제는 그를 주었다. 왕소군은 융복(戎服)에 말을 타고 비파를 들고 변방을 나갔는데, 끝내 흉노 땅에서 죽었다.

배나무와 살구나무

14.

그대 무엇을 생각하나.
저 북쪽 바닷가라네.
푸른 연자맷돌과 무늬벽돌이 우물을 둘러싸고
우물 앞에는 배나무, 그 앞에는 살구나무가 있었지.
배나무는 예전에 연희가 심었고
살구는 작년에 내가 심었지.
배나무는 열매 맺고 살구나무는 꽃피어
그 열매가 입술 비추고 그 꽃이 뺨 비추었지.
내가 배나무 옆에 서면 머리보다도 높았고
연희가 살구나무 아래 지나가면 어깨와 나란했지.
인간 세상 생이별이 이와 같건만
무심한 저 나무가 어찌 슬픔을 알랴.

問汝何所思. 所思北海湄.
碧碾文甃覆石井. 井南紅梨梨南杏.
梨曾蓮姬曩時培. 杏是藫老去年栽.
梨能結子杏能花, 子映丹脣花映腮.
我立梨傍已過顚. 姬行杏下纔齊肩.
人生離別今如此, 樹木尋常詎堪憐.

◇ 연희네 우물 남쪽에 작은 땅이 있었는데, 연희는 연지(臙脂) 배나무를 심었고, 나는 붉은 살구나무를 심었다. 지난해 배나무가 처음 열매를 맺고, 살구나무가 처음 꽃을 피웠다. (원주)

내가 기르던 개

15.

그대 무엇을 생각하나.

저 북쪽 바닷가라네.

지난해 경원의 청나라 시장에서

발가퇴 사람이 흰 개를 팔면서,

영고탑[1] 신오(神獒)[2]의 종자라서

나는 듯 달리는 데다 영리하고도 용맹스럽다 했지.

몇 달 동안 기르면서 침상 아래서 잤는데

흰 털이 이마를 덮고 두 귀는 오똑 섰지.

금오랑[3]이 서울서 내려오던 날은

슬피 울며 내 무릎을 빙빙 돌았지.

달음질쳐 북쪽으로 달아났는데

북녘 산 바라보아도 영영 잃어버렸네.

問汝何所思. 所思北海湄.
去年淸市慶源店. 勃哥堆人賣白獵.
聞是寧古神獒種. 趫捷如飛黠且勇.
養來數月牀下宿, 霜毛覆頟雙耳竦.
金吾郎官下來日. 獵忽哀鳴繞我膝.
翻然回走向北去, 惝望寒山永相失.

◇ 경원도호부는 부령에서 북쪽으로 삼백 리 되는 곳인데, 청나라 사람이 시장을 열었다. 발가퇴와 영고탑은 지명인데, 오(獒)라는 개의 산지이다. (원주) 병자호란 이후 청나라의 요청으로 북쪽 여러 곳에 시장을 설치하여 무역을 하였다. 압록강 하류에는 중강 개시, 함경도에는 회령 개시와 경원 개시 등이 열렸다. 경원 개시(慶源開市)는 1645년(인조 23년)에 정식으로 시작되었고, 격년제(隔年制)로 을(乙)·정(丁)·기(己)·신(辛)·계(癸)의 해에 열었다. 청나라 사람들은 소록피(小鹿皮)를 가지고 와서 소·보습·솥·모피 등을 교환하였는데, 그 비율은 보습 1개에 소록피 2장, 솥 1개에 소록피 1장이었다. 개항을 전후해서 양국의 무역품을 보면 청나라측에서는 조화(造花)·피혁·담뱃대·녹각(鹿角)·동(銅)·수석(燧石)·개·고양이 등이었고, 조선측에서는 소·말·돼지·쌀·종이·연(筵)·농(籠)·주방구·호피·해삼·모발·재목 등이었다.

1 영고탑은 길림성 영안현에 있던 지명인데, 청나라 왕실의 발상지이다.

2 '오(獒)'는 오랑캐 땅에서 나는 맹견 이름인데, 몸집이 크고도 용맹스러웠다.

3 의금부 도사를 금오랑이라고 했다. 김려는 1801년에 천주교에 연루되었다는 혐의를 받아 부령 유배지에서 서울 의금부로 압송되었다가, 다시 진해로 유배되었다.

어젯밤 꿈

22.

그대 무엇을 생각하나.

저 북쪽 바닷가라네.

어젯밤 꿈속에 연희네 집에 가서

반갑게 손잡고 지난 일을 이야기했지.

붉은 포도주를 내게 권하며

통[1]에서 술잔을 씻어 손수 따라주었지.

동관[2]의 석청은 무르녹게 향기롭고

기진의 말린 게살은 그 맛이 더욱 담백했지.

창문 사이 다듬잇돌을 손으로 가리켰는데

붉은 무늬 고운 옷감이 거기 있었네.

"청새[3]에서 스무 자 사왔지요.

서방님 적삼과 내 저고리를 지을 거예요."

問汝何所思. 所思北海湄.

昨夜夢到蓮姬宅. 欣然握手話疇昔.

勸我蒲桃酒色紺. 𣘘桶洗碗來親醯.

潼關石蜜香初濃, 碁津蟹脯味更淡.

手指牕間碪石鋪. 皺紋細縠紅模糊.

道是淸賽買廾尺, 半擬郎衫半儂襦.

◇ 연희가 포도로 술 담는 법을 생각해냈는데, 술 빛과 맛이 모두 너무 좋았다. 동관은 진(鎭)의 이름인데, 그곳에서 흰 꿀이 난다. 기진은 부령성 바다 한 모퉁이에 있다. (원주)

1 휴통(髹桶)은 옻칠한 통인데, 여섯 되들이 통이다.

2 동관진 : (종성도호)부의 북쪽 18리에 있다. 돌로 쌓은 성인데, 둘레는 2,982척이고 높이는 9척이다. 병마첨절제사의 영(營)이 있다. –「종성도호부」 관방조, 『신증 동국여지승람』 제50권

3 평안도 희천군의 이름이 고려 때에는 청새진이었으므로, 조선시대에도 흔히 청새라고 불렀다.

최 포수

26.

그대 무엇을 생각하나.

저 북쪽 바닷가라네.

키 작은 최 포수가[1] 날래고도 용감해

눈빛이 번쩍이는 데다 살쾡이보다 날쌨지.

어릴 때부터 총쏘길 배워 기술이 뛰어나서

남산 속을 오가며 곰을 사냥했네.

곰이 성내며 팔뚝을 물어뜯자

그 입에다 총부릴 대고 쏘아 죽였네.

지난가을 골짜기에서 백액호[2]를 만났을 때도

최 포수의 총 한 방이 호랑이 배를 꿰뚫었네.

아아, 최 포수는 참으로 신포(神砲)일세.

숲속의 노루[3] 사슴 따위는 쏘려고 하지도 않네.

問汝何所思. 所思北海湄.
短小精悍崔知穀. 眼彩酉酉輕於貁.
早年學砲砲法工. 往來捕熊南山中.
熊怒而搯嚼其臂, 擧砲築口仍殺熊.
前秋溪上白額虎. 知穀一砲貫虎肚.
嗟乎知穀眞神砲, 肯射林間麅與麞.

◇ 고을 사람 최복(崔復)이 총을 잘 쏘았다. 지난가을에 호랑이가 성 안에 나타나자, 그가 호랑이를 죽였다. (그래서) 내가 「최신포전(崔神砲傳)」을 지었다. (원주)

『담정유고』 권9 『단량패사(丹良稗史)』에 전(傳)이 8편 실려 있는데, 「포수이사룡전(砲手李士龍傳)」은 보이지만 「최신포전」은 실려 있지 않다.

1 원문의 지구(知彀)는 훈련도감에 소속된 무관인데, 정원이 10명이었다. 최복이 총을 쏘았으므로 포수라고 번역하였다.

2 이마가 흰 호랑이인데 사납다.

3 원문의 이(麜)는 이무기인데, 문맥상 노루로 옮겼다.

성씨 아낙네

34.

그대 무엇을 생각하나.

저 북쪽 바닷가라네.

우리 집 돌담 남쪽에 성씨 아낙네가

술 팔며 사는데 술을 잘 담았지.

“아버지와 할아버지는 서울 살았는데

떠돌다 보니 이곳까지 오게 되었죠.”

나이가 마흔인데 아직도 아리따워

고운 얼굴에 새까만 트레머리를 올렸네.

가난한 데다 번민까지 많은 이 몸이 가엾다고

새로 술 거를 때마다 담 너머로 보내 왔지.

지난가을에 기장과 벼가 풍년 들었으니

겨울술을 천 동이나 담았을 테지.

問汝何所思. 所思北海湄.
石墻南畔成家婦. 賣酒爲生善釀酒.
自言父祖本京華. 偶然流落在胡沙.
行年四十尚嬌嬈, 韶顏翠鬟堆鬖髿
憐我窮居加煩促. 每分新醪過墻曲.
前秋黍熟秔稻賤, 應辦千甕泛寒酥.

◇ 세 들어 사는 집 남쪽에 성화선(成花仙)이란 여인이 살았는데, 그의 아버지는 본래 서울 사람이었다. 일찍이 과부가 되어 술을 팔았는데, 연희와 사이가 좋았다. (원주)

장기위가 길러준 검은 매

37.

그대 무엇을 생각하나.

저 북쪽 바닷가라네.

훤칠하게 키 큰 장기위가

매 두 마리를 길렀는데 날래고도 영리했지.

큰 놈은 먹 뿌린 듯 검은 털이고

작은 놈은 흰 털인데 더욱 사나웠지.

발톱과 눈동자가 사냥감을 놓치지 않고

온종일 하늘에 뜬 구름을 노려보았네.

흰 놈을 달라고 하니 검은 놈을 주기에

내 마음 한구석이 늘 서운했었지.

이제는 그것도 모두 헛일이 되었으니

매가 없어져 배부르긴 틀렸네.

問汝何所思. 所思北海湄.
白晳長身張騎衛. 養得二鷹勇且慧.
大者潑墨玄錦毛. 小者雪色尤雄豪.
玉爪金眸無虛擲, 六時瞟望邊雲高.
我曾求白但許黑. 以此相持心惻惻.
從今此事兩成空, 始知饕餮竟何力.

◇ 기위(騎衛)의 이름은 일환(日桓)이고, 자는 무숙(武叔)인데, (문하생) 희익(羲益)의 외삼촌이다. (원주)

1684년(숙종 10)에 함경도에 친기위(親騎衛)라는 특수 병종의 기병 부대를 설치하였는데, 국경지대를 지키기 위해 궁재(弓才)·마재(馬才) 및 용력(勇力)이 있는 자 600인을 군관으로 선발하였다.

◇ 나의 문하생 김형유(金亨裕)는 자가 희익(羲益)이다. 부령의 명망 있는 사족인데, 뛰어난 재능이 있었다. (원주)

과거 운이 없는 장씨 노인

40.

그대 무엇을 생각하나.

저 북쪽 바닷가라네.

글재주 있는 장씨 노인 운이 없어서

과거시험 철이 되면 백수로 바빴네.

사서삼경에 물 흐르듯 막힘없었건만

향시(鄕試) 장원만 많이 하고[1] 대과(大科)는 못했네.

상자 속에는 수많은 글들이 있어

후배들 사이에 아직도 이야기되니,

나도 또한 여러 번이나 과거를 치러본 자건만

그에게다 견주면 어림도 없네.[2]

이제는 영락하여 모래바람 안고 섰으니

높은 재주를 지녔건만[3] 알아주는 사람이 없네.

問汝何所思. 所思北海湄.
有才無命張氏叟. 槐黃時節忙白首.
四經疑義決如河. 八解六魁未成科.
翠笈霜簦千軸文, 後生叢中猶經過.
我亦詞垣百戰者. 曾執鞭弭退三舍.
如今淪落在風沙, 獨抱牙絃知者寡.

◇ (장씨) 노인의 이름은 제종(齊宗)이고, 자는 자앙(子仰)인데, 백능의 아버지이다. 과거에 자주 응시했지만, (끝내) 합격하지 못했다. (원주)

1 향시(鄕試)를 해시(解試)라고 했으니, 여덟 번 응시해 여섯 번이나 수석으로 합격했다는 뜻이다.

2 삼사(三舍)는 군대가 사흘 동안 행군하는 거리인데, 90리이다.

3 아현(牙絃)은 백아(伯牙)의 거문고이다. 백아처럼 재주가 있지만, 종자기처럼 알아주는 사람이 없다는 뜻이다.

맨발로 와서 배우던 석씨 동자

42.

그대 무엇을 생각하나.

저 북쪽 바닷가라네.

형제암 앞에 사는 석씨 동자는

더펄거리는 더벅머리가 어깨를 덮었지.

나이 겨우 아홉 살인데 책을 읽었고

어른 보면 꿇어앉아 큰절을 했지.

키는 아주 작았지만 걸음이 빨라

고을 사람들이 날다람쥐라고 불렀지.

내 셋방에 찾아와 『효경』을 배웠는데

한마디를 들을 때마다 마음 깊이 새겼지.

긴 여름에 장마가 쉬지 않고 내려도

맨발로 혼자 달려와 대문을 두드렸지.

問汝何所思. 所思北海湄.

兄弟巖前石小童. 髧髮垂肩亂氋氃.

齡纔八九通書史. 必見長者工拜跪.

身材絶少行步巧, 府人喚俶飛畾子.

訪我僦居受孝經. 每聞一語能佩銘.

長夏霪霪雨不絶, 爾獨跣足來敲扃.

『관북읍지』「부령읍지도형」 관아 왼쪽 강가에
'형제암(兄弟巖)' 바위가 (거꾸로) 표기되어 있다.

◇ 형제암은 산 이름이다. 동자의 이름은 이장(履章)이고, 자는 환지(煥之)이다. 형의 이름은 이환(履煥)이고, 자는 장지(章之)인데, 문사이다. (원주)

◇ 형제암은 부령면 형제동에 있는 한 쌍의 바위인데, 높은 것은 33m이며, 또 하나는 그보다 조금 낮다. 강물을 끼고 있어서 경치가 아주 좋은데, 청진에서 회령으로 가는 길가에 있다.

병서까지 읽은 지덕해

53.

그대 무엇을 생각하나.

저 북쪽 바닷가라네.

북방의 젊은이들이 모두 건장하지만

약관의 지덕해가 그 가운데 으뜸일세.

키는 칠 척에다 눈썹이 청수하고

눈썹 사이에 박힌 점이 자수정 같았지.

몸이 날래 말 탄 채로 활을 잘 쏘고

머리 속에는 병서가 다섯 권이나 들었지.

역사책도 부지런히 읽어 고금을 통했기에

성패를 논하면 점치듯 들어맞았지.

하늘이 남자를 낸 건 쓸 곳이 있어서인데

그대는 어찌 거친 산골짝에서 헛되이 늙어 가나?

問汝何所思. 所思北海湄.
朔方健兒總魁壘. 妙齡先數池德海.
身長七尺雙眉淸. 眉間奸子紫光晶.
腰細膀濶善騎射, 兵書五卷腹中明.
且通往史勤誦讀. 坐論成敗如蓍卜.
天生男子必有用, 爾豈終老荒山谷.

◇ 덕해의 자는 계함(季涵)인데, 본 고을의 지구(知彀·장교)다. 연희와는 삼종형제 사이이다. 병서는 『병학지남(兵學指南)』을 말한다. (원주)

◇ 『병학지남』은 16세기에 명나라 장수 척계광(戚繼光)이 지은 『기효신서(紀效新書)』 가운데 군대의 조련방법에 관한 부분을 요약하여 만든 우리나라의 병서이다. 5권 1책인데, 목판본으로 간행되었다. 권1에 기고정법(旗鼓定法)·기고총결(旗鼓總訣), 권2에 영진정구(營陣正彀), 권3에 영진총도(營陣總圖) 상편, 권4에 영진총도 하편, 권5에 장조정식(場操程式), 성조정식(城操程式), 수조정식(水操程式)이 실려 있다.

선조 때에 유성룡이 엮었다는 말도 있지만, 근거가 없다. 서지학의 자료인 『군서표기(群書標記)』나 『누판고(鏤板考)』에서는 편자가 미상이라고 하였으며, 『증보문헌비고』 권246 「예문고」 5에서는 통제사 최숙(崔橚)이 편찬했다고 하였다. 어떤 본에는 공홍도 병마절도사 최숙이 숙종 10년(1684)에 지은 발문이 붙어 있는데, 그는 이미 있었던 『병학지남』에 두주(頭註)를 붙이고, 권2를 언해하였으며, 영진총도의 그림을 바꿨다고 한다. 최숙이 수정하여 재편집한 것은 사실이지만, 누군가 그보다 앞서 편찬한 것이 분명하다.

최숙이 수정한 책은 권마다 체제가 달라 복잡했으므로, 정조가 선전관 이유경(李儒敬)을 시켜 대대적으로 교정한 뒤에 어제서(御製序)를 붙여, 정조 11년(1787) 장용영에서 새로 간행하였다. 이 책이 바로 『병학지남』의 정본이다.

이 책은 군대의 조련, 진을 치는 법, 행군과 호령 등에 대한 규정과 설명이 그림과 함께 되어 있어서, 17세기 이후로 우리나라 군대훈련의 기본지침서로 사용되었다. 장용영·훈련도감·남한산 개원사 등 13개소에 책판이 있었다고 하며, 그 밖에도 여러 곳에서 간행되었다. 최숙의 수정본보다 빠른 판본에는 구개음화가 나타나지 않아, 17세기 국어의 모습을 보여 주기도 한다. 군제사뿐만 아니라, 국어사 연구의 자료로서도 중요한 책이다.

백발백중 황대석

56.

그대 무엇을 생각하나.

저 북쪽 바닷가라네.

말 잘 타고 활 잘 쏘는 황대석이

백발백중 과녁을 꿰뚫었지.

풍채가 좋은 데다 구레나룻 더부룩하고

몸매도 날렵한 데다 곰처럼 힘이 세었지.

지난봄에 경성 부령에서 무예를 다투던 날

삼 순에 이십 획을 맞혔으니[1] 장하고도 기이하건만,

죽일 놈의 탐관오리들이

공 세운 자에게 상을 안 주니 참으로 뻔뻔해라.

길게 탄식하면서 집으로 돌아와

해 지도록 이랴낄낄 돌밭을 갈았지.

問汝何所思. 所思北海湄.
善騎工射黃大錫. 百發百中串破的.
白皙鬑鬑頰有髭. 狼腰猿臂力如羆.
前春鏡富鬪武日, 三巡廾劃壯且奇.
虐吏贓官眞可殺. 有功不賞視猶恝.
長嘯歸去耕石田, 夕陽叱犢青山圠.

◇ 대석의 자는 요신(堯臣)이다. 경성판관 홍광일과 (부령)도호부사 유상량이 두 고을의 무예를 시합했는데, 황대석이 일등을 했건만 유상량이 상을 주지 않았다. (원주)

1 각 사람이 화살 5대씩 쏘기를 마치면 한 바퀴(1순)라고 한다. 3순이면 15대를 쏜 셈이다.

미쳐 날뛰는 부령의 군뢰들

67.

그대 무엇을 생각하나.

저 북쪽 바닷가라네.

부령의 군뢰[1]들은 모두가 미쳐 날뛰니

네놈들이 바로 저승사자였지.

이가 놈 삼형제가 늑대처럼 날뛰며

사람 죽여 파묻는 짓을 즐겨 하였네.

지난번엔 도호부사를 모함하려고

형제가 같이 짜고서 전패(殿牌)[2]를 태웠었지.

이 밖에도 득현과 덕필이란 놈이 있어

음흉하고 교활한 데다 간사스러웠지.

황장목(黃腸木) 나으리가[3] 새로 부임하자

이놈들이 세상 만났다고 좋아서 날뛰었지.

問汝何所思. 所思北海湄.

富春牢子總跋扈. 爾輩眞是點鬼簿.

李哥三橫狼與豺. 性敢殺越喜推埋.

向來生心陷都護, 兄弟同謀焚殿牌.

更有得玄兼德弼. 陰鷙桀黠尤奸遹.

黃腸令公坐定時, 爾輩得意始橫逸.

◇ 이가(李哥) 3형제인 봉석·봉삼·봉화와 김득현·김덕필 및 도호부사 이여절(李汝節)의 이야기는 「연음수필(烟窨隨筆)」에서 기록하였다. 황장목 나으리는 유상량이다. (원주)

1 군대에서 죄인을 다루던 병졸이다.

2 고을 객사에다 '전(殿)' 자를 새겨서 세운 나무패인데, 임금을 상징하였다. 달마다 초하루와 보름날에 모든 관원들이 모여서 절했는데, 절하기를 피하거나 전패를 훼손하면 본인은 물론이고 수령까지도 불경죄로 처벌받았다.

3 황장목은 오래 된 소나무인데, 목질이 좋아서 관(棺)을 만드는 데 쓰였다. 유상량이 내수사(內需司)에서 쓸 것이라고 핑계대고 황장목 천여 그루를 베어 착복했으므로 '황장목 나으리'라고 비꼰 것이다.

관찰사 이병정

69.

그대 무엇을 생각하나.

저 북쪽 바닷가라네.

작년 관찰사 구우(具虞)는

어질고도 청렴하기가 짝이 없었지만,

금년 관찰사 이병정은

각박하고 시기하며 빼앗길 좋아하네.

말로 거둬 키로 까부르고도 성에 안 차서

철령관[1] 이북을 모두 짓이겼네.

혹리(酷吏)는 상 주고 청백리는 쫓아내니

백성들이 달아나 마을이 텅 비었네.

상홍양(桑弘羊)[2]을 쪄죽이지 않으면 비가 안 올 테니

농부와 아낙네들이 또랑에서 울고 있네.

問汝何所思. 所思北海湄.
去年巡使具樞密. 仁惠廉明世罕匹.
今年巡使李尙書. 刻剝猜忌好侵漁.
斗會箕斂若不及, 鐵門以北皆爲魚.
饞吏登褒廉吏逐. 閭里荷擔總瑟縮.
弘羊不烹天不雨, 農夫田婦溝頭哭.

◇ 처음에 구우가 감사로 왔을 때에는 백성들이 그의 어진 덕을 사모했었다. 그러다가 이병정이 후임으로 와서 백성들을 착취하고 학대하자, 하늘이 오랫동안 비를 내리지 않아 백성들이 고생하였다. 철령관은 회양에 있다. (원주)

1 강원도 회양 철령에 있던 관문인데, 이 관문을 나서면 함경도가 된다. 관북이라는 말도 이에서 비롯되었다. 고려 말에는 철령 이북을 원나라가 다스렸다.

2 한나라 무제(武帝) 때에 농사와 경제를 맡았던 관리인데, 평준법(平準法)을 써서 나라의 재정을 넉넉케 했지만, 백성들에게 가혹하게 세금을 거뒀다. 물론 이 시에서는 이병정을 가리킨다.

통곡하는 육씨 여인

70.

그대 무엇을 생각하나.

저 북쪽 바닷가라네.

부령의 육씨 여인이

밤마다 강가에서 하늘을 보며 울부짖었지.

그 남편이 지난가을에 황장목을 옮기다가

홍원에서 배가 깨져 목숨을 잃었건만,

사또는 달아나다가 일어난 사고라고 덮어씌우며

부모를 잡아다가 열 달이나 고문했네.

내수사에선 황장목을 올려 보내라 하지 않았다니

본관 사또가 어명을 핑계 대며 사복을 채우려 한 걸세.

하늘이여, 하늘이여, 아는가 모르는가?

어찌 유 부사를 벼락 쳐 죽이지 않나.

問汝何所思. 所思北海湄.
富春兒女身姓陸. 夜夜叫天臨江哭.
夫婿前秋運黃腸. 船破淹死洪原洋.
本官猶言在逃禍, 十朔拷掠爺與孃.
傳聞內需無公務. 本官矯旨私營度.
天乎天乎知道否, 那不震殺柳都護.

◇ 유상량이 어명을 핑계대고 황장목 천여 그루를 베어내 배로 나르게 했는데, 그 배가 홍원에 이르러 깨졌다. 그러자 유상량이 뱃사람들에게 그 값을 뜯어내었다. 그래서 백성들이 그를 '황장목 나으리'라고 불렀다. (원주)

악질 만호 강사헌

71.

그대 무엇을 생각하나.

저 북쪽 바닷가라네.

옥련[1] 만호 강사헌은

집안 대대로 풍산의 군관이었지.

남의 딸을 욕보이고 유부녀를 겁탈하니

온 마을의 아이와 노인들이 울부짖었지.

그런데도 감사에게 뇌물을 바치고는

고래처럼 집어삼키며 제멋대로 날뛰었지.

지난가을에 양민을 종 삼아 백 냥을 빼앗아선

청나라 시장에서 오랑캐 말을 사다가 위에 바쳤지.

어찌하면 망나니의 칼을 가져다

요망한 이 자의 허리와 머리를 베어 버리랴.

問汝何所思. 所思北海湄.
玉蓮萬戶康士憲. 父祖豐山壯軍健.
强人之女劫人妻. 村閭啼呼泣髦齯.
只將銀子賺巡相, 飛揚跋扈似鯨鯢.
前秋壓良攫百鋌. 估馬淸市啗肯綮.
安得攜來劊子手, 盡斷妖腰與亂顙.

◇ 옥련은 진(鎭)의 이름인데, 진영이 폐무산(廢茂山)에 있다. 강사헌은 본래 군관인데, 채제공(蔡濟恭)에게 뇌물을 바친 뒤에 '중국인의 후손'이라고 칭하며 벼슬을 얻었다. 풍산은 진의 이름이다. (원주)

1 부령도호부에 딸린 진인데, 만호를 두었다.

원산 장사꾼 남기명

72.

그대 무엇을 생각하나.
저 북쪽 바닷가라네.
원산 장사꾼 남기명이
세상에 경박하다고 이름났었지.
은안장 좋은 말에다 자줏빛 고삐 잡고서
육진을 오가며 기생집을 드나들다가,
비단으로 싼 엽전 오천 꿰미를
하룻밤 도박[1]에 걸기도 했지.
지금은 다 날리고 은점(銀店)을 하는데
다 떨어진 옷차림으로 입에 풀칠이나 한다지.
교활한 그 성품을 아직도 고치지 않아
관리들과 몰래 짜고는 백성들을 수탈하네.

問汝何所思. 所思北海湄.
奤山商賈南紀明. 贏得人間輕薄名.
銀鞍駿馬紫游韁. 往來六鎭紅妓坊.
錦繖青銅五千貫, 馬弔六博一夜當.
如今漼沒落銀店. 破笠弊袍糠粃饜.
天生狡獪猶不改, 潛通官家嗾橫歛.

◇ 유상량이 차유령(車踰嶺) 아래 은점을 설치하고는 남기명에게 관리를 맡겼는데, 북쪽 지방의 큰 폐단이 되어 관가와 민간이 다 시끄러워졌다. (원주)

1 마조(馬弔)는 노름에 쓰는 도구인데 골패 같은 것이다. 육박(六博)은 옛날 중국 노름에서 쓰던 도구인데, 두 사람이 바둑알 12개를 흑백으로 나눠서 여섯 개씩 가지는 것이다.

꿈결에 연희를 만났건만

80.

그대 무엇을 생각하나.
저 북쪽 바닷가라네.
쓸쓸한 여관 등불 아래서
오늘 밤 꿈길에 연희의 집엘 찾아갔었지.
걱정스런 눈썹에 이마를 숙이고
연희가 난간 서쪽에 혼자 서 있었네.
섬돌 위의 석죽은 꽃이 다 지고
비둘기만 짝 지어 울고 있었지.
사다리를 딛고서 난간에 올라가
연희를 부르며 술을 찾았지만,
연희는 못 들었는지 대답이 없어
문득 깨어 보니 새벽달만 창문에 비치네.

問汝何所思. 所思北海湄.
旅館孤燈今宵夢. 夢到蓮姬樓上弄.
蛾眉不展遠山低. 蓮姬獨立闌干西.
階上石竹花已落, 只有雙雙鵓鳩啼.
我從欄梯上欄曲. 喧呼且召杯中醁.
蓮姬不答若不聞, 覺來曉月縈牕矚.

가여운 남씨 집안 며느리

86.

그대 무엇을 생각하나.
저 북쪽 바닷가라네.
연천의 남씨 집안 며느리 가엾기도 해라.
그 원한이 황천에 맺혀 없어지지 않으리라.
"시아버님 시어머님은 어질고 어질지만
며느리 내 팔자는 괴롭기만 하구나.
내 한 몸 죽는 거야 애달플 게 없지만
오명을 남기는 게 한스럽구나."
잠깐 사이에 그의 피가 강물을 물들이니
물 위에 날리는 꽃잎이 천고에 붉었지.
바라건대 이 여인의 혼이 원귀가 되어
인간 세상의 유씨 자손을 다 잡아 죽이소서.

問汝何所思. 所思北海湄.
可憐漣川南氏婦. 寃結重泉應不朽.
阿姑阿舅賢復仁. 只緣新婦命苦辛.
指斷腦裂亦所甘, 但恨惡名難磨磷.
咋血灑江染江水. 水上飛花千古紫.
只願幽魂爲厲鬼, 殺盡人間柳家子.

◇ 연천의 부자 남제인(南齊寅)의 며느리 정씨를 조모가 죽였다. 사건을 조사하기 시작했지만, (부사) 유상량이 시아버지의 뇌물을 받고 조사를 중단시켰다. (원주)

영산홍의 편지

96.

그대 무엇을 생각하나.
저 북쪽 바닷가라네.
가을비가 추적추적 열흘이나 내리기에
문 닫고 쓸쓸히 누워 신세를 한탄하는데,[1]
영산홍이 닭을 고아 보내며 편지를 부쳤지.
수정처럼 맑은 새 술도 함께 보냈지.
"비 개고 달이 밝으면
영락정 남쪽, 화교 서쪽 시냇가에서
심홍 이모, 유씨 언니, 연희와 함께
거문고와 피리 가지고 기다리겠어요.
자라탕과 잉어회도 마련하지요.
술은 우리 집에 바다처럼 많답니다."

問汝何所思. 所思北海湄.
秋雨霺霺十日竟. 閉戶獨臥子桑病.
玉嫂寄書送㸅鷄. 翠瓶新醪凝玻瓈.
更期雨晴月色明, 永樂亭南畫橋西.
盧姨柳姊與池妹. 玄琴翠簫溪上待.
膗鼈膾鯉君莫辦, 儂家有酒深如海.

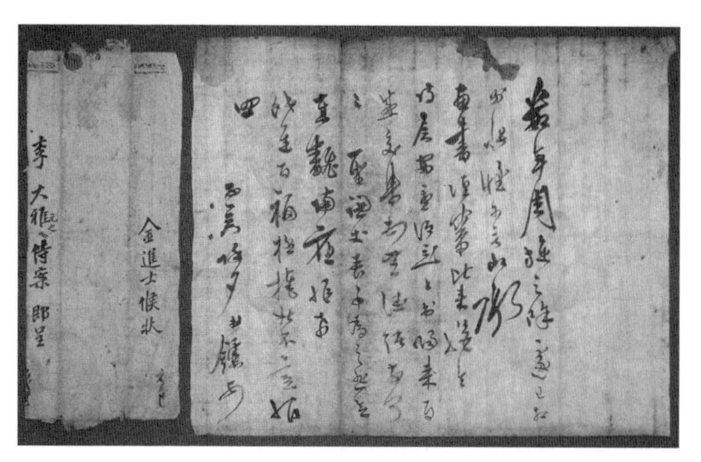
李 大雅 侍案 郎呈

金進士候狀

이씨 친지에게 보내는 김려의 편지와 편지봉투

◇ 고을 기생 영산홍은 노래 잘 하고 시도 잘 지었으며, 거문고 솜씨도 뛰어났다. 서시랑(徐侍郎)의 배수첩(配修妾)이었는데, 내가 서시랑과 친척뻘이었으므로 나를 아주버님이라고 불렀다. (원주)

배수첩은 유배객의 시중을 들던 여인을 가리키는 말이다.

1 자여(子輿)는 자상호(子桑戶)와 친한 친구였다. 열흘이나 장마가 지자 '자상호가 병들었을 것'이라고 생각하고는, 자여가 밥을 가지고 가서 그에게 먹였다. -「대종사(大宗師)」 편, 『장자』

이 시에서는 친구를 오랫동안 만나지 못해서 안타까워하는 마음을 이렇게 표현하였다.

장마 끝에 연희를 만나러 가다

97.

그대 무엇을 생각하나.
저 북쪽 바닷가라네.
긴 여름 장맛비에 개울이 넘쳐
닷새나 연희 얼굴을 보지 못했지.
오늘 밤에야 비 개고 모래밭에 달이 떠올라
물가의 버들가지도 푸른 비단처럼 살랑였지.
대지팡이에 미투리 신고 개울가로 나갔더니
발길이 어느새 연희네 집으로 가고 있었지.
모래기슭 끝없는 숲에
나뭇가지 흔들리며 사람 그림자가 얼핏 보였지.
작은 우산 베치마 차림에 술병 들고서
연희가 벌써 다리를 건너오고 있었네.

問汝何所思. 所思北海湄.
苦雨長夏漲溪漩. 五日不覿蓮姬面.
今宵雨歇月在沙. 水邊楊柳漾綠紗.
竹笻麻鞋出溪上, 信步擬往蓮姬家.
忽見沙際無限樹. 樹梢微動人影度.
短傘布裙提葫蘆, 蓮姬已踏橋西路.

설염이 준 족집게

102.

그대 무엇을 생각하나.
저 북쪽 바닷가라네.
구리에 은을 입힌 작은 족집게는
미인이 준 것이라서 더욱 예뻤지.
광화문 바깥, 석교다리 서쪽
정설염의 집에서 곤죽으로 취했었지.
족집게를 꺼내어 손수 주길래
무엇으로 보답했나? 금빗으로 했었지.
설염은 죽어 볼 수 없고 족집게만 남아
밤낮으로 어루만지며 눈물이 가득했었지.
지금은 족집게마저 간 곳이 없고
눈물이 넘쳐흘러 뺨을 적시네.

問汝何所思. 所思北海湄.
銀錯烏銅小鑷子. 美人之貽匪汝美.
光化門外石橋西. 鄭雪豔家醉如泥.
解出鑷子親手贈, 何以報之純金鎞.
不見雪豔但見鑷. 六時摩挲淚盈睫.
如今鑷子亦不見, 淚流滂沱滿我頰.

◇ 설염은 관서지방의 기생이다. 나는 「정설염전」과 그의 묘지명을 지었고, 연희는 뇌사(誄詞)를 지었다. (원주)
뇌사는 사람이 죽었을 때에 짓는 글인데, 제문이나 만시(輓詩) 등이 포함된다. 「정설염전」도 『담정유고』 권9 『단량패사(丹良稗史)』에 실려 있지 않다.

연희의 충고를 듣지 않고 「정안전」을 지었다가

106.

그대 무엇을 생각하나.

저 북쪽 바닷가라네.

지난번 연희의 충고를 듣지 않고서

부질없이 붓을 들어 「정안전」을 지었었지.

어찌 알았으랴. 그 글을 트집 잡아

미친 개들이 짖어대며 혐의를 씌울 줄이야.

성문을 닫아걸고 밤중에 잡아들여

천둥같이 소리치며 몽둥이를 퍼부었지.

사내들은 피를 토하고 아낙네들도 코피를 흘려

굶주린 호랑이의 먹이가 되고 말았네.

세 치 혀 놀린 것을 후회해도 소용없어[1]

밤 깊도록 생각하니 참담하기만 해라.

問汝何所思. 所思北海湄.
向者不受蓮姬諫. 却將漫筆叙貞雁.
那知文字作禍媒. 瘈狗啫啫空嫌猜.
城門戒嚴夜捉人, 白挺如雨聲如雷.
丈夫嘔血婦女衄. 衝虎之鼻餧虎肉.
舌長三寸未噬臍, 中夜潛思但悲惡.

◇ 영산옥이 서시랑을 위해 수절하자 (부사) 유상량이 잡아들였다. 내가 이 일을 「정안전(貞雁傳)」에 쓰자, 유상량이 크게 노하여 '김종원(金鍾遠)의 옥사(獄事)'를 일으켰다. (원주)

'정안(貞雁)'이란 '절개를 지키는 기러기'라는 뜻인데, 영산옥을 비유한 말인 듯하다. 「정안전」도 『담정유고』 권9 『단량패사(丹良稗史)』에 실려 있지 않다.

1 (장공 6년 겨울에) 초나라 문왕이 신(申)을 쳤다. 등(鄧)을 지날 때, 등나라 기후(祁侯)가
"(이 사람은) 나의 생질이다."
라고 하면서, 머물게 하여 대접했다. 추생(騅甥)·담생(聃甥)·양생(養甥)이 (모두 등나라 기후의 생질이었는데) 초자(楚子·문왕)를 죽이자고 청했다. 기후가 허락하지 않자, 세 생질이 말했다.
"등나라를 망하게 할 자는 반드시 이 사람(문왕)입니다. 만약 일찍이 제거하지 않으면, 나중에 임금께서 배꼽을 씹게 될 것입니다. 늦기 전에 계획을 세우십시오. 지금이 바로 그때입니다."
(줄임) 기후는 이 말을 따르지 않았다. 초자(楚子·문왕)는 신나라를 치고 돌아오는 길에 등나라를 쳤다. (장공) 16년에 초나라가 다시 등나라를 쳐서 멸망시켰다. –『춘추·좌전』 장공 6년조.
사냥꾼이 사향노루를 잡는 까닭은 배꼽에 사향이 있기 때문이다. 그래서 사향노루가 죽게 되면 배꼽을 깨물면서 후회한다고 한다.

기개 당당한 장 파총

108.

그대 무엇을 생각하나.

저 북쪽 바닷가라네.

기개 당당한 장 파총은[1]

속물 보기를 버러지 보듯 했지.

원교[2]가 남긴 시축을 책상에 두고

아침저녁 읊조리며 탄복하였지.

스승을 대한 듯 옷깃 여미고 꿇어앉았으니

장 파총이야말로 참으로 스승을 섬겼지.

"원교 선생 한번 뵌 뒤부터

다른 사람들은 하찮게 보인다"고 했지.

우물 치자 돌 던진 자가 그 누구던가.

각박한 세파 속에 그만 홀로 후덕했지.

問汝何所思. 所思北海湄.

氣岸堂堂張把摠. 眼看俗物如蟣蠓.

案皮圓嶠千軸詩. 朝夕吟哦咏歎之.

跽坐斂衽若對越, 張也眞能信其師.

自言一見圓嶠後. 泰山之外皆培塿.

擠井投石者誰子, 薄俗滔滔顔獨厚.

圓嶠書訣上編

完山 李光師 著

古人筆法自篆隷皆直管伸毫而書使萬毫齊力一
畫之内無上下内外之殊下逮宋明雖有勁脆精鈍
之差運筆大率皆然吾東則麗末來皆偃筆端書畫
之上與左毫銳所抹故墨濃而滑下與右毫腰所經
故淡而澀畫皆偏枯不完既圓按其筆又手先於筆
而引之畫遂鈍緩無力東國善藝之絶罕盡坐於此
雖天才高者濡染楷袠自趣鄙俗不能超拔是以臨
古法書尤無以像只傳謄其字甚可惜也余自幼學

『원교서결(圓嶠書訣)』. 이광사가 중국 역대 서예 이론가들의 견해를 모으고 자신의 서론을 덧붙여 엮은 서예 이론 저작이다. 부령을 떠나 신지도에서 유배생활을 하던 기간에 완성하였다.

◇ 파총의 이름은 현령(玄齡)이고, 자는 후교(後喬)이다. 원교의 문인이며, 그의 누이는 원교의 측실이 되었다. 나는 (이 시와는) 따로 「장현령전(張玄齡傳)」과 「장애애시(張愛愛詩)」를 지었다. (원주)

1 파총은 군영의 종4품 무관직이다.

2 원교(員嶠)는 명필로 이름난 이광사(李匡師, 1705~1777)의 호인데, 자는 도보(道輔)이다. 1755년에 나주의 벽서(壁書) 사건으로 백부 이진유(李眞儒)가 처벌 받을 때에 연좌되어 부령에 유배되었다. 그러나 부령 일대의 백성들이 그에게 글을 배우려고 모여들어 문인들이 많아지자, 다시 진도로 유배지를 옮겨 그곳에서 세상을 떠났다.

우만 각시

114.

그대 무엇을 생각하나.
저 북쪽 바닷가라네.
방죽 끝 돌무더기에선 까치가 깍깍 우는데
우만 각시가 이 골짜기에 묻혀 있었지.
골짜기에는 팥배나무가 천만 그루나 되어
봄이 오면 흐드러지게 꽃이 피었지.
무덤 앞에는 한 자 가웃 석상이 놓였고
우묵한 돌술잔이 놓여 있었지.
예전에 술 취해서 석상에 누웠다가
꿈속에서 선녀를 보기도 했었지.
한 줄기 붉은 촛불이 하늘을 비추고
아가씨들이 두 줄로 서서 향기 떨치며 지나갔지.

問汝何所思. 所思北海湄.
喳鵲陂頭築石矗. 牛鄤閣氏埋此谷.
谷中棠梨千萬樹. 春來開花花無數.
墳前石牀高尺餘, 更有石罍窪而窳.
我曾被酒牀上臥. 夢見仙娥開寶座.
一道紅燭照天來, 兩行翠嬌拂香過.

◇ 방죽은 고을 북쪽 10리 되는 곳에 있다. 우만은 골짜기 이름이다. 나는 (이 시와는) 따로 「기우만신사(記牛鄤神事)」라는 글을 지었다. (원주)

걱정 하나 없는 남 씨네 노인

119.

그대 무엇을 생각하나.

저 북쪽 바닷가라네.

우리 집 서쪽에 걱정 하나 없는 남 씨네 노인

그 집 동쪽과 북쪽으로 맑은 시내가 흘렀지.

장남은 소 몰고 차남은 수레를 끌며

손자는 고기 잡고 며느린 베를 짰지.

막걸리 한 바가지를 날마다 실컷 마시고는

밭 사이로 오가며 까마귀를 지켰지.

세상 풍파를 이미 다 겪어 봤더니

식자우환이란 말이 참으로 맞네.

나도 큰 보습에 나무자루를 끼워

그대 따라 시냇가에서 늙고 싶어라.

問汝何所思. 所思北海湄.
無憂西隣南家老. 舍東舍北淸溪道.
長男驅牛中男車. 兒孫捕魚婦績麻.
匏樽濁醠日飽喫, 往來田間護烏鴉.
世間風波吾已慣. 男兒識字眞憂患.
長鑱長鑱白木柄, 安得隨汝老溝澗.

◇ 남씨 노인의 이름은 제백(齊柏)인데, 아들 성극(聖克)과 성삼(聖參) 형제가 힘써 농사를 지어 잘산다. 성극은 말타기와 활쏘기도 잘 한다. (원주)

정 부장 삼형제

121.

그대 무엇을 생각하나.
저 북쪽 바닷가라네.
슬기롭고 재주 있는 정 부장 삼형제
형과 아우들이 서로 양보치 않네.
십팔반 무예에 모두 통달한 데다
백 가지 재주가 없는 게 없어,
피리와 거문고 연주는 물론 잘 하고
하루 만에 청총마 한 쌍도 능히 수놓았지.
하늘이 낭자(浪子)를 내어 옛날에도 짝이 없었으니
그대들 이름은 연소을과 비길 만해라.
푸른 실·노란 실·붉은 실·검은 실을 가지고 와서
나를 위해 창가에서 책을 묶어 주었지.

問汝何所思. 所思北海湄.
慧心巧手鄭部將. 兄弟三人不相讓.
十八武藝皆貫通. 且兼百工無不工.
品竹彈絲莫須論, 一日能繡雙青驄.
天生浪子古無匹. 爾名端合燕小乙.
每持青黃朱墨條, 爲我晴牕粧書帙.

◇ 정원수·원직·원홍 삼형제가 모두 손재간이 뛰어났다. (원주)

정절 지키다 죽은 우씨 아낙네

122.

그대 무엇을 생각하나.

저 북쪽 바닷가라네.

늠름한 사진의 우씨 아낙네

별을 꿰뚫는 기개는 고금에 없었지.

한밤중에 도둑 들자 시어미는 달아나고

아낙네가 맨손으로 도적과 맞섰지.

여덟 차례나 얼굴을 창에 찔리면서도

나무 안고 버티며 도적을 꾸짖었네.

소문에 듣자니 포교들이 뇌물 받고

이 일을 숨겨서 알려지지 않았다지.

부사여! 부사여! 명문가의 자제로서

인륜을 모르면서 어찌 고을을 다스리나.

問汝何所思. 所思北海湄.
凜凜沙津禹貞婦. 炳日貫星古無有.
夜○賊來姑走亡. 貞婦空拳獨抵當.
頰中八槍尙不絶, 抱樹罵賊如狗羊.
風傳捕校受賂運. 此事隱匿竟不聞.
都護都護名門子, 胡昧倫綱典州郡.

◇ 사진(沙津)은 고을 동쪽에 있는데, 남상복이란 자가 우씨를 겁탈하려다가 우씨가 죽었다. 포교 최창시가 (뇌물을 받고) 이 일을 은폐했기에, 내가 「우아전(禹娥傳)」을 지었다. (원주)

남석사의 재가승

126.

그대 무엇을 생각하나.
저 북쪽 바닷가라네.
남석사의 중이 추수를 마치고
기장으로 술 빚어 딸을 시집보냈지.
손님들이 둘러앉았는데 중과 속인이 뒤섞여
개 삶고 돼지 잡아 다투어 먹었지.
누런 종이 혼서(婚書)에 이름을 써서
어디에 담았나? 붉은 함이지.
반들반들한 대머리에 옴중 같은 얼굴로
나무아미타불 다함께 염불했지.
성인의 교화로 문명 세상이 되었건만
우주 내에 어찌 이런 작자가 용납되었나.

問汝何所思. 所思北海湄.
南石寺僧摘禾黍. 釀黍爲酒送嫁女.
賀客環坐雜僧凡. 烹狗殺猪口爭饞.
黃紙婚書書名字, 何以盛之赭漆械.
剃頭光光面瘩疙. 一聲南無猶念佛.
聖化文明漸寰宇, 宇內那得容此物.

◇ 남석사는 절 이름이다. 북방의 중들은 모두 처자식을 거느리는데, 이들을 '재가승(在家僧)'이라고 한다. 내가 세 들어 살던 집의 주인 서씨가 중의 딸을 며느리로 맞아들였다. (원주)

마천령 이북의 네 고을 어민들

127.

그대 무엇을 생각하나.

저 북쪽 바닷가라네.

마천령 이북의 네 고을 어민들이

배 팔아 치우고 집안 뿔뿔이 흩어졌지.

새 임금께서 어물 진상 줄이라 하셨다지만

감영에선 모른 척하고 더욱 빼앗아 갔지.

지난해엔 인정[1]이 삼십 꿰미더니

올해 인정은 이백 꿰미도 넘네.

처자식 다 팔아도 살아가기 어렵건만

관리들은 또다시 빼앗아 가네.

게다가 날씨 나빠 고기까지 말랐으니

일찌감치 달아나는 게 더 나을 테지.

問汝何所思. 所思北海湄.
嶺北四郡衆漁戶. 盡室離散罷船估.
傳聞新上減冬魚. 營門掩置猶侵漁.
往歲人情三十緡. 今年人情二百餘.
賣妻鬻子那能活. 本官官吏又攘奪.
況復天荒魚族荒. 不如趂時走跳脫.

◇ 명천·길주·경성·부령의 네 고을에서 어물을 진상하였다. 지난겨울에 임금께서 겨울 진상을 그만두라고 하셨지만, (관찰사) 이병정은 이미 (궁궐에) 바쳤다고 핑계대고 (어민들에게) 돌려주지 않았다. (원주)

1 인정전(人情錢)인데, 조선 후기에 생긴 부가세이다. 흔히 뇌물을 인정이라고 하였다.

가리촌 온천

130.

그대 무엇을 생각하나.

저 북쪽 바닷가라네.

이월 중순이라 날씨도 따뜻한데

연희의 편지가 나른함을 깨웠지.

봉함을 뜯어보니 별다른 말은 없었네.

“고을 서쪽이 가리촌인데

십 리쯤 가면 온천이 있지요.

위 탕은 안 뜨겁고 중간 탕이 뜨거운데

탕 앞에 전나무가 높고도 푸르지요.

그 옆엔 너럭바위가 평평하지요.

바위에 앉아 머리를 말리고 있을 테니

서방님 오시면 이 바위를 찾으세요.”

問汝何所思. 所思北海湄.
二月中旬天和煖. 蓮姬尺牋來策懶.
開緘見字無別言. 但道城西嘉浰村.
村上十里溫湯子, 上湯不溫中湯溫.
湯前一檜千尋碧. 檜傍盤石平如席.
儂當晞髮坐石頭, 郎到來時尋此石.

◇ 골짜기 입구에 민가 수십 호가 있었다. 온탕(溫湯)은 탕곡(湯谷)이다. (원주)
부령 남쪽에 이어져 있는 경흥도호부에 주을온천, 추봉온천, 운가위온천 등 이름난 온천이 많았다.

보쌈 당한 곽씨집 처녀

132.

그대 무엇을 생각하나.

저 북쪽 바닷가라네.

통곡에 사는 곽씨집 처녀를

한밤중에 웬 소년이 보쌈해 갔네.

처녀는 묶인 채로 말도 못 하고

부모도 동동 발만 굴렀지.

그 소년이 관리의 아들이라고 하니

관가와 결탁한 강제혼일세.

북방의 풍속이 몹시 사나워

지난겨울 평사[1]께서 공문을 내렸건만,

관리들이 반포하지 않고 백성들은 따르지 않아

소문 들은 자들만 주먹을 불끈 쥐었지.

問汝何所思. 所思北海湄.

佟谷處女身姓郭. 夜深少年來束縛.

女被縛急不敢言. 爺孃頓足天爲翻.

傳聞少年官吏子, 曾與官家結新昏.

北俗往往多驁悍. 評事前冬另察按.

官不頒布民不遵, 遂令聞者空扼腕.

◇ 관리 마언방(馬彦邦)의 누이 계섬(溪纖)이 (부사) 유상량의 총애를 받고 있었는데, 마언방이 곽씨집 딸을 겁탈하였다. 북방의 풍속이 강제혼인을 좋아하므로, 나의 고종형 안책(安策)이 지난겨울 (함경도) 평사로 있을 때에 특별공문을 내려 (처녀를 약탈하지) 못하게 하였다. (원주)

1 병마평사(兵馬評事· 정6품)의 준말이다. 평안도와 함경도에만 두었던 병사의 막료인데, 군기(軍機) 및 개시(開市)에 관한 일을 맡아 보았다.

관찰사가 올린 소금값

133.

그대 무엇을 생각하나.

저 북쪽 바닷가라네.

관북지방 철염(鐵鹽)은 토염(土鹽)보다도 나아

맛있고 색도 흰 데다 부드러웠지.

값 쌀 땐 서 말이 쌀 한 말 값이다가

귀해지면 쌀값과 맞먹었었지.

요즘 들어 소금값이 갑자기 뛰더니

쌀 닷 말 주어도 소금 한 말을 못 사네.

북방의 노인네들이 길게 탄식했지.

"밥을 보면 구역질나니 어떻게 먹으랴.

여섯 달이나 싱겁게 먹어 소금 구경을 못 했으니

올해에 부임한 관찰사 덕이지."

問汝何所思. 所思北海湄.

嶺北鐵塩勝土塩. 味甘色白柔且纖.

塩賤三斗米一斗. 塩貴與米只相耦.

而來塩價忽刁蹬, 塩一米五猶無有.

北關父老長太息. 對飯嘔峪何由食.

喫淡六朔不見塩, 今年儘蒙巡相力.

◇ 관찰사 이병정이 염리(鹽利)를 지나치게 올려, 염호(鹽戶)들이 모두 도산하였다. 민간에서는 소금 두 되가 쌀 한 말 값이었다. (원주)

호랑이 죽인 윤 열부

143.

그대 무엇을 생각하나.
저 북쪽 바닷가라네.
방죽의 푸른 버들이 늘어진 곳에
윤 열부의 정문이 있어 말에서 내렸지.
남편이 나무하러 깊은 산에 갔는데
호랑이가 이빨을 벌려 덥석 깨물었네.
윤 열부가 성내며 고운 팔뚝을 휘둘러
힘을 다해 호랑이를 마구 때렸지.
열부가 힘이 다하자 호랑이도 쓰러졌고
남편은 물가까지 달음박질쳤네.
지금도 열부가 호랑이를 죽인 곳은
기이한 바윗돌에다 깊은 숲이 울창하지.

問汝何所思. 所思北海湄.
官堤烟柳綠婀娜. 尹烈婦門下馬可.
阿郞斫柴靑山䦨. 有虎張牙來相噉.
烈婦大怒奮玉腕, 橫打亂踢氣雄敢.
烈婦力盡虎亦斃. 阿郞脫身走水裔.
至今烈婦打虎處, 醜石頑林相蓊翳.

◇ 고을 남쪽 5리 되는 곳에 윤씨의 정문(旌門)이 있는데, 그 여인은 선비 원문회(元文會)의 아내이다. 이 이야기는 「영성충렬전(寧城忠烈傳)」에 실려 있다. (원주)

유월 유두

149.

그대 무엇을 생각하나.

저 북쪽 바닷가라네.

유월 유두라 달이 항아리 같은데

연희가 옥폭동에서 머릴 감았지.

푸른 절벽이 병풍처럼 빙 둘렀고

물병들을 만 개나 세워 놓은 듯 폭포수가 쏟아졌지.

맑디맑은 물이 뼈에 스밀 듯 차가웠고

푸른 구름 기운이 그 위에 감돌았지.

내가 먼저 옷 벗고 물 속에 뛰어들자

연희가 내 등에다 물을 뿌렸지.

연희가 물가에 함초롬히 앉았는데

물 속의 달빛이 눈썹을 비추었지.

問汝何所思. 所思北海湄.
六月流頭月似甕. 蓮姬沐髮玉瀑洞.
洞中蒼壁繞似屛. 瀑水噴飛建萬甁.
水色澄淸澈底冷, 上有雲氣一道靑.
我先脫衫跳水內. 蓮姬匊手澆我背.
蓮姬端坐水邊石, 水中月色照翠黛.

서울에 사는 누이

158.

그대 무엇을 생각하나.
저 북쪽 바닷가라네.
누이가 서울에 살건만
다섯 해나 보지 못해 안타까워라.
어렸을 적엔 어깨를 나란히 하며
엄마 품에서 젖꼭지를 함께 빨았지.
엄마가 세상 떠나시자 너무 외로워
엄마처럼 누이를 더 사랑했지.
지난해에 안부편지를 보내왔는데
절반도 읽기 전에 피눈물이 흘렀네.
하얀 모시 적삼을 연희에게 보내왔고
고운 무명 속옷을 내게도 보내왔지.

問汝何所思. 所思北海湄.
有妹有妹在京洛. 五年不見心似濩.
憶曾幼少兩齊肩. 同藏嬤乳乳蔕懸.
阿嬤下世余身孑, 愛妹如嬤尤相憐.
前年送書來相扣. 讀之未半血先歐.
白苧單衫寄蓮姬, 細木綿襦贈藫叟.

북방의 여협객 장애애와 연희

189.

그대 무엇을 생각하나.

저 북쪽 바닷가라네.

관북지방 여협객으로 누가 있던가?

연희 이전에는 현령의 누이가[1] 있었지.

유배 온 원교 선생을 모셨는데

공손히 밥상 받들며[2] 덕스럽게 섬겼었지.

원교 선생이 성은을 입어 신지도로 옮겨지자

그곳에 함께 가서 바닷가에 묻혔다지.

세상이 나날이 어그러지고 헐뜯는 말이 많아져

연희는 지금 감옥에 묶여 있네.

고금에 어찌 이런 일이 있었으랴

소리 죽여 눈물 흘리며 탄식만 하네.

問汝何所思. 所思北海湄.
嶺北女俠問誰是. 蓮姬之前玄齡姊.
曾奉巾櫛事員嶠. 擧案齊眉似德耀.
員嶠承恩遷南島, 間道同行死海徼.
世道日訛多讒慝. 即今蓮姬遭徽纆.
徽纆徽纆古所無, 呑聲掩泣長太息.

◇ 원교 이광사의 유배지가 신지도로 옮겨지자, 장 씨도 따라가서 그곳에서 죽었다. 내가 체포된 뒤에 연희도 이병정의 모함을 받아 감옥에 갇혔다. (원주)

1 파총 장현령이 원교 이광사에게 글을 배웠는데, 그의 누이 장애애(張愛愛)가 원교의 측실이 되었다. 김려가 이 시와는 따로 「장현령전」과 「장애애시」를 지었다.

2 후한(後漢) 때 양홍(梁鴻)의 아내가 뚱뚱하고 못생긴 데다, 얼굴까지도 검었다. 나이 서른이 될 때까지 짝을 찾기에 부모가 물었더니, "양홍만큼 어진 사람을 구한다"고 하였다. 양홍이 그 소식을 듣고는 맹광에게 청혼하였다. 맹광이 양홍에게 시집갔는데, 매우 화려한 옷에다 아름다운 장식을 하였다. 그랬더니 이레가 되어도 양홍이 돌아보지 않았다. 맹광이 그제서야 나무비녀에다 베옷 차림으로 나왔더니, 양홍이 기뻐하면서 "이 사람이 참으로 양홍의 아내이다"라고 말하였다. 나중에 양홍과 함께 패릉산 속으로 은둔하여, 밭을 갈고 김을 매며 베를 짜서 입을 것과 먹을 것을 마련하였다.

이들은 부부 사이에 금실이 좋으면서도, 서로 공경하였다. 양홍이 남의 절구를 찧어 먹고 살았는데, 맹광이 밥상을 내오면서 남편을 감히 쳐다보지 못하였다. 밥상을 눈썹과 나란하게 들어 올려 바쳤다. 중국 역사상 이상적인 부부로 손꼽힌다.

서쪽 집에 살던 박 아전

212.

그대 무엇을 생각하나.

저 북쪽 바닷가라네.

부령의 아전[1]들은 어리석지만

서쪽 집에 살던 박 아전과는 잘 지냈었지.

박 아전은 사람됨이 공손한 데다

평생토록 선비와 술을 사랑했었지.

그 집 형제들은 모두 못났건만

박 아전 그 사람만은 티끌세상을 벗어났었지.

예전에 나 때문에 고문 받을 때도

죽음도 무서워하지 않고 태연했었지.

항아리에 봄술이 익어갈 때면

담 너머로 나를 불러서 함께 마셨지.

問汝何所思. 所思北海湄.
富春孔目總蠢蝡. 余與西隣朴椽善.
朴椽爲人最謹厚. 一生愛士兼愛酒.
渠家兄弟皆庸闒, 朴椽獨能超塵臼.
向來爲我被拷掠. 視死如歸顔不怍.
甕頭春酒鴨頭綠, 隔籬時呼同斟酌.

◇ 아전의 이름은 춘득(春得)이고, 아우의 이름은 춘달(春達)과 춘복(春福)이었다. 김종원의 옥사 때에 춘득과 장세오·신성대 등이 고문받다가 거의 죽을 뻔했다. (원주)

1 원문의 공목(孔目)은 관청 문서를 맡은 서기인데, 고려시대 예빈시에도 공목이라는 하급관리가 있었다.

보고 싶은 부령의 아이들

213.

그대 무엇을 생각하나.
저 북쪽 바닷가라네.
변방살이 다섯 해 동안 낯이 익어서
아이들까지 참으로 사랑했었지.
서 씨네 두 아이가 모두 예뻤고
인아와 진아는 쌍둥이였지.
춘갑이 형제는 지금 어떻게 지내나
을녀는 애비가 없어 너무 가여웠지.
영득이는 천성이 게을렀었고
석편이와 방자는 짐을 잘 졌지.
양 갈래로 땋은 머리가 눈에 선한데
그 아이들을 언제나 다시 보려나.

問汝何所思. 所思北海湄.
五載居胡面已慣. 眞情相愛及童丱.
徐家二雛俱妙姸. 阿寅阿辰健齊肩.
春甲兄弟今何如, 乙女無父最堪憐.
更有英得性懶惰. 石片厐子能擔荷.
兩髦髡髡照眼明, 不知何日更見那.

◇ (셋방 주인의 아우) 서운대에게 두 아들이 있었고, 이웃 노인 김진성의 두 손자는 쌍둥이였다. 춘갑이 남매는 연희가 길렀다. 영득이·석편이·방자는 모두 이웃집 아이들이다. (원주)

죽일 놈의 관리들

215.

그대 무엇을 생각하나.

저 북쪽 바닷가라네.

죽일 놈의 옥련 유진 최창규가

온갖 미친 짓과 교활한 꾀로 재앙을 만들었지.

개 같은 김가와 삵 같은 이가가 함께 날뛰고

못된 아들놈이 창고지기를 맡았지.

문서를 꾸며서 관곡을 훔치고

환자쌀[1] 만 석에다 모래와 싸라기를 섞었지.

게다가 진장(鎭將)은 얼마나 탐욕스러운지

어진 백성들 빼놓지 않고 해를 끼쳤네.

군졸들도 짐 꾸려 다들 달아나

군적부가 반 넘어 비게 되었네.

問汝何所思. 所思北海湄.
可殺玉蓮崔留鎭. 千癡萬黠開邊釁.
金狗李猫共跳梁. 頑媳今年教監倉.
幻弄文書偸官穀, 軍糶萬石雜砂糠.
況復鎭將性饕餮, 壓害良善靡有孑.
土卒荷擔盡逃躱, 黃白軍簿太半缺.

◇ 최창규(崔昌奎)는 옥련진의 유진(留鎭)이고, 그의 아들은 춘엽(春燁)이다. 김원표·이동삼은 모두 토호다. 진장은 강사헌이다. (원주)

1 조(糶)는 관청에서 빌려주는 쌀이고, 적(糴)은 받아들이는 쌀이다. 최창규의 아들은 관청 창고의 쌀에다 모래와 싸라기를 섞어서 부피를 늘려 백성들에게 빌려주는 수법을 쓴 것이다.

변방에 떨어진 포졸 조원신

256.

그대 무엇을 생각하나.

저 북쪽 바닷가라네.

가여워라, 무수에 사는 포졸 조원신.

예전에는 혁혁한 집안이었지.

할아버지가 도호부사 하던 시절에

기생이던 할머니가 섬겼었다지.

아버지가 태어나자 할아버지가 죽어

할 수 없이 변방에 떨어지게 되었다지.

그 아버지도 이미 늙고 그도 머리가 희어져

이제는 변방에서 늙을 수밖에 없네.

한강은 유유히 흐르고 목멱산은 우뚝 솟았는데

밤낮 부질없이 서울길만 바라보네.

問汝何所思. 所思北海湄.
嗟嗟舞袖趙右哨. 門戶遙遙空奕耀.
自言渠祖都護時. 祖母媚娘身事之.
渠父纔生渠祖死, 便因流落在胡陲.
渠父已耋渠髮皓. 此生已斷邊頭老.
漢水溦溦木覓峇, 日夜空望京師道.

◇ 순창 사람 조이벽(趙爾璧)이 이곳 도호부사로 있을 때에 기생 미랑(媚娘)을 사랑하여 아들 태상(泰尙)을 낳았다. 손자 원신(元信)은 (부령)부의 포졸인데, 무수(舞袖)에서 산다. (원주)

무뢰한 양 기위

258.

그대 무엇을 생각하나.

저 북쪽 바닷가라네.

하늘이 낸 건달 양 기위[1]

소년 시절에 그 집안이 굉장한 부자였네.

저포놀이 한 판에 삼백 꿰미 돈 던지고

팔찌에는 날쌘 매가, 마구간에는 준마가 있었지.

명천 고을 기생의 서방 노릇도 했는데

이팔청춘에다 이마가 매미 같은 여인이었지.

지금은 다 털어먹고 말 거간꾼 되었는데

주먹질 발길질 그 솜씨가 대단해라.

허고원 길가에서 사람들 때려눕힌 뒤에

북쪽으로 석 달이나 발길 끊었지.

問汝何所思. 所思北海湄.
天生潑皮梁騎衛. 少年豪富家壯麗.
一擲樗蒲三百緡. 韝有蒼鷹廐有騆.
作使明川娼家女, 二八蛾眉首如螓.
如今折本作驓駔. 一拳一踢猶伎倆.
虛古院頭打人後, 北路三月斷來往.

◇ 양 기위의 이름은 천봉(天奉)이다. 파락호인데, 청나라 시장 상인 백여 명을 허고원 길가에서 때려눕혔다. 허고원은 부령 북쪽에 있다. (원주)
조선후기에 허고원에 역참(驛站)을 설치하였다.

1 기위(騎衛)는 하급 무관의 하나이다.

언제나 취해 사는 최 사장

273.

그대 무엇을 생각하나.

저 북쪽 바닷가라네.

언제나 취해 사는 최 사장[1]

곡식도 소와 말도 흙처럼 여겼네.

아침엔 동쪽 술집, 저녁엔 서쪽 술집

취하면 아무데서나 자다가 깨면 또 외상술이었지.

잘살고 못사는 것이야 상관치 않고

취하다가 깨다가 한평생을 살았지.

나는 귀양 온 죄인이라서

내 신세를 생각하면 한스러워라.

작은 가래 만들어 달라고 대장간에 부탁해서

평생을 유령 따라서 살다가 죽으려네.[2]

問汝何所思. 所思北海湄.
長醉不醒崔社長. 萬鍾千駟視土壤.
朝飲東家暮西家. 醉便寄宿醒便賖.
榮頼悲歡竝不關, 但將醒醉作生涯.
我是人間遷孼子. 每念身世空齰齒.
已囑鐵冶打短鍤, 百年長隨劉伶死.

◇ 최 사장의 이름은 민추(民秋)인데, 아초(牙硝) 차이진(車以震)의 처남이다. (원주)

1 사(社)는 고려시대와 조선시대에 함경도 지역에서 시행되었던 지방행정구역인데, 다른 지역의 이(里)에 해당된다. 지방행정구역으로서의 사(社)는 『주례(周禮)』에서 25가(家)를 1사(社)라고 한 데서 비롯되었으며, 그 뒤 원나라에서는 50가를 1사로 하고, 나이 많은 자를 사장으로 삼아 권농에 힘썼다. 그 뒤 고려 말 조선 초에 함경도에서 종래의 촌(村)이나 진(鎭)을 사(社)로 개편하였다.

2 유령이 하인에게 삽을 들고 다니게 하면서, 술 마시다 죽으면 그 자리에 묻어 달라고 했다.

영산옥의 평생 한

285.

그대 무엇을 생각하나.
저 북쪽 바닷가라네.
영산옥은 평생 한이 뼈에 사무쳐
밤마다 울음 삼키며 눈물 흘렸지.
"어찌 하늘이 박명한 이 몸을 내면서
총명한 남자로 만들지 않으셨나.
노류장화 이 내 팔자 모질기만 해서
씀바귀가 쓰다고 해도 내 신세보다는 달아라.
절통하다 저 인간 유가네 자식[1]
삼생의 원수가 너 아니고 누구랴."
적막한 규방 깊은 곳에서
푸른 저고리 붉은 치마 원한 속에서 늙어 가네.

問汝何所思. 所思北海湄.
玉嫂平生恨徹骨. 每夜呑聲淚不歇.
如何天賦薄命人. 不作聰明男子身.
墻花路柳八字惡, 誰謂荼苦甘如蕈.
切痛人間柳氏子. 三生寃讐寧非爾.
寂寞芳閨深掩處, 怨綠愁紅空沒齒.

◇ 영산옥은 자나 깨나 남자로 태어나지 못한 것을 한스럽게 여겼는데, 「방가행(放歌行)」이라는 시 한 수를 지어 그 뜻을 노래했다. 그 시를 본 사람들이 슬피 여겼다. (원주)

1 부령 도호부사 유상량을 가리킨다.

연꽃을 보며 연희를 생각하다

289.

그대 무엇을 생각하나.

저 북쪽 바닷가라네.

연못에 붉은 연꽃 만 송이 피자

연희가 그리워 연꽃을 보네.

마음도 같고 생각도 같고 사랑도 또한 같았으니

한 줄기에 난 두 송이 연꽃이 어찌 부러웠으랴만,

백 년 사랑하던 사람이 원망스런 사람 되었고

좋은 인연이 나쁜 인연 되었지.

땅모퉁이와 하늘끝에다 산과 강이 막혀서

이별의 노래만 부질없이 불러 보네.

전생에 죄를 지어 이생에서 괴로우니

연희야 연희야 어쩌란 말이냐.

問汝何所思. 所思北海湄.
塘裏蓮花紅萬藕. 蓮姬之故亦愛爾.
同情同意又同憐. 豈羨人間幷蔕蓮.
百年歡家變寃家, 好因緣成惡因緣.
地角天涯隔山河. 畢身空唱離恨歌.
前生罪過他生戹, 蓮兮蓮兮奈若何.

◇ 진해의 셋집 주인 이일대(李日大)는 소금 굽는 사람이다. 그 집 앞에 작은 연못이 있는데, 해마다 여름이 되면 연꽃이 만발하였다. (원주)

생각하면 할수록 더욱 생각나

290.

그대 무엇을 생각하나.

저 북쪽 바닷가라네.

생각하면 할수록 더욱 생각나

슬픔으로 내 혼이 사위어 가네.

혼이 다 사위어도 생각은 그치지 않아

바보처럼, 미친 듯, 얼이 빠진 듯,

네 벽을 돌면서 혼잣말 하노라니

구곡간장 끊어져 고개를 숙이네.

천만 번 생각해도 어쩔 수 없으니

이제는 끊어 버리고 생각지 않아야겠네.

끊으려 해도 끊지 못하고 다시금 생각나니

간장이 타고 심장까지 다 타버렸네.

問汝何所思. 所思北海湄.
思之愈久愈不止. 黯然銷魂而已矣.
魂旣銷盡思不休. 如癡如狂復如羞.
徊徨繞壁還自語, 腸回九曲若低頭.
千較萬量總無力. 不如從今斷相憶.
欲斷未斷思又生, 肝肺如焚心如盡.

◇ 이상의 시가 모두 300여 편이다. 원래 순서가 없었지만, 경탁(景鐸)이 잘 편집해서 마치 순서가 있는 것처럼 되었다. (원주)

작가 연보

1766년 김재칠(金載七)의 3남 1녀 가운데 맏아들로 태어났다.

1780년 성균관에 들어갔다.

1792년 성균관 생원시에 합격하고, 김조순과 함께 『우초속지(虞初續志)』를 편찬하였다.

1796년 왕명으로 이백과 두보의 시를 본따 지은 오언십운(五言十韻) 고시 각 1수씩을 지어 올렸다.

1797년 11월에 강이천의 비어옥사(蜚語獄事)에 연루되어 함경도 경원에 유배되었다가, 유배지에 도착하기 전 왕명으로 다시 부령으로 옮겨졌다. 12월에 부령에 도착하였다. 유배지에 오기까지의 사연을 『감담일기(坎窞日記)』에 기록하였다. 이 일기에는 여러 편의 시도 실려 있다.

1799년 부친상을 당하였다. 영산옥이 서시랑을 위해 수절하다가 도호부사 유상량에게 곤욕을 치른 이야기를 가지고 「정안전(貞雁傳)」을 지었는데, 이 글 때문에 김종원의 옥사가 일어났다.

1801년 4월에 신유사옥(辛酉邪獄)이 일어나자 다시 추국(推鞫)을 받고 진해로 유배되었다. 진해에 있는 동안 부령 시절을 그리워하며 「사유악부(思牖樂府)」를 짓고, 진해 앞바다의 물고기들을 살펴서 『우해이어보(牛海異魚譜)』를 지었다.

1806년 8월에 그의 아들 김유악(金維岳)이 아버지의 무죄를 주장하면서 사건을 다시 심리해 달라고 상소하였는데, 상소가 받아들여져 유배에서 풀려났다. 유배에서 돌아오자 선친의 묘소가 있는 공주에 가서 삼년상을 지냈다.

1811년 여릉에서 서울 삼청동으로 이사하였다. 이 시기에 『만선와잉고(萬蟬窩賸藁)』를 지었다.

1812~17년 의금부를 시작으로, 정릉참봉·경기전령(慶基殿令) 등의 벼슬을 지냈다.

1817년 10월~1819년 3월까지 연산현감으로 재직해 있는 동안에 「황성리곡」과 「상원이곡」을 지었다.

1818년~1821년 4월까지 『담정총서』를 엮었다.

1821년 함양군수로 재직하다가 임지에서 세상을 떠났다.

원문제목·찾아보기

歸玄觀詩草

黃城俚曲

---

* 표시는 원시 본문의 첫 구절을 나타냄.

** 표시는「사유악부」원시 본문의 셋째 구절을 나타냄.

46 荳磨場市萃逋淵*
47 貧家王稅劚心腸*
48 青木棉裙短布褌*
49 天鵝聲動鼓鼞鼞*
50 肩輿日晩赴東廳*
51 雜費人情細鍊磨*
52 釋王寺衆總頑禪*
53 纍石叢隍遶禿楓*
54 屏川驛婦鬢如霜*
55 家富男多訖可休*
56 浦口漁家棘揷籬*
57 銀河斜流斗柄低*
58 一夢今宵悟夙因*
59 一雙淸道陣門開*
60 忍說孤忠乙亥時*
61 三兄弟共一衾眠*
62 及唱官奴走報知*
63 有女睽離已七年*
64 犀園回馬苦遲遲*
65 階伯將軍舊戰基*
66 論倉浦口水連雲*
67 連山山勢鬱蜷連*
68 英雄功烈震湖山*
69 尹屛溪集繡何年*
70 牟糴開倉髮欲皤*
71 漕船船主極奸儇*
72 麰頭生角麥生耳*
73 不是棉田是菽田*
74 溝水漣漣露淺沙*
75 浦村少婦木藍裳*

76 丁公藤酒得神方*

77 地境場邊兩酒坊*

78 鷩心嶺上鳥休臨*

79 黃城一局夢碁飜*

80 繭絲保障古人言*

81 父老攀車涕泗流*

82 鋤豪抑强或云難*

上元俚曲

84 庚年圓魄是頭番*

85 柿餠棗膏稉鑿宜*

87 胡桃鄴栗養牢牙*

88 郈婆醬釀鴨頭濃*

89 隣丫跳板板橋西*

90 拾破陶康瓦鑿得圓*

92 火傘張紅潑湯灰*

93 蚣虫夏長橋幾處嵬*

94 永城尉後古風稀*

95 野火通宵紫燄飄*

96 馬鬣牛鬉匝錯聯*

97 村翁斗酒夕陽天*

98 瓦礫前宵拾得多*

99 元宵月色劇淸圓*

100 閭閻閣氏綠紬衣*

101 熊蔬裹飯海衣如*

102 沒羽箭來打箇空*

擬唐別稿

萬蟬窩賸藁

衆果五古十韻三十首

衆蔬五古十韻十九首

思牖樂府

허경진

1952년 피난지 목포 양동에서 태어났다. 연민선생이 문천(文泉)이라는 호를 지어 주셨다. 1974년 연세대 국문과를 졸업하면서 시 〈요나서〉로 연세문화상을 받았다. 1984년에 연세대 대학원에서 연민선생의 지도를 받아 『허균 시 연구』로 문학박사학위를 받고, 목원대 국어교육과를 거쳐 연세대 국문과 교수로 재직하였다. 열상고전연구회 회장, 서울시 문화재위원 등으로 활동하고 있다.
『허난설헌시집』, 『허균 시선』을 비롯한 한국의 한시 총서 50권, 『허균평전』, 『사대부 소대헌 호연재 부부의 한평생』, 『중인』 등을 비롯한 저서 10권, 『삼국유사』, 『서유견문』, 『매천야록』 『손암 정약전 시문집』 등의 역서 10권이 있으며, 요즘은 조선통신사 문학과 수신사, 표류기 등을 연구하고 있다.

우리 한시 선집 158

담정 김려 시선

2020년 6월 10일 초판 1쇄 펴냄

옮긴이 허경진
펴낸이 김흥국
펴낸곳 도서출판 보고사

책임편집 황효은, 이순민
표지디자인 손정자

등록 2001년 9월 21일 제307-2006-55호
주소 경기도 파주시 회동길 337-15
전화 031-955-9797(대표)
02-922-5120~1(편집), 02-922-2246(영업)
팩스 02-922-6990
메일 kanapub3@naver.com / bogosabooks@naver.com
http://www.bogosabooks.co.kr

ISBN 979-11-6587-011-9 04810
979-11-5516-663-5 (세트)

정가 15,000원